JN120420

恋する魔女は
エリート騎士に
榛名井
[ILLUSTRATION]
條
惚れ薬を
飲ませてしまいました
～偽りから始まるわたしの溺愛生活～
A witch in love has drugged an elite knight with a love potion.

「かわいいよ、俺だけのセシリー」
（まさか惚れ薬の効果が、
ここまですさまじかったなんて！）
ジーク・
シュタイン
品行方正、若くして
聖空騎士団の団長を務める
エリート騎士。
セシリー・
ランプス
恋に恋するピュアな魔女。
思わぬ事故からジークに
惚れ薬を飲ませてしまう。

「君がジークの初めての恋人！」
アルフォンス・ニア
聖空騎士団の副団長にしてジークの同僚。彼とは対照的に軟派な性格の持ち主。
「セシリー、愛のある結婚なんてこの世には存在しないわ！」
グレタ
セシリーの母親にして、彼女のピュアな夢を打ち砕いた張本人。
「王女をからかう下半身は死刑よ、死刑！」
シャルロッテ
カゼアニア王国第五王女。家族から超絶溺愛され、兄たちに言い含められて男性に苦手意識がある。

「えっと、まずは青根の薬草……」
「次は、アイアイガエルの………生き血！」

「それは？」
「これは、あなたに渡そうと思って持ってきたんですけど」

「明日から俺たちは、魔獣討伐のため北の山脈に向かうことになった」
「……ジーク。気をつけて、無事に戻ってきてね」
目元を緩めて、口角をほんのりと上げて。
笑顔でそう伝えるセシリーに、
ジークが目を見開いた。
その瞬間、セシリーの華奢な身体は、
目の前のその人によって包まれていた。

「あ――」
セシリーの頬に、朱色がのぼる。

CONTENTS

プロローグ. 夢が壊れた日 …………… 003

第一話. 森暮らしのはぐれ魔女 …………… 011

第二話. 惚れ薬を作る …………… 033

第三話. 大切を知っていく …………… 069

第四話. 崩壊の音 …………… 121

第五話. 別れのとき …………… 149

第六話. 攫われたセシリー …………… 167

第七話. 惚れ薬の真相 …………… 187

エピローグ. 惚れ薬の真相(裏) …………… 209

番外編1. 知らない感情 …………… 219

番外編2. 美しきグレタ先生のお色気講座 …………… 227

番外編3. 甘い恋に溺れて …………… 239

恋する魔女はエリート騎士に惚れ薬を飲ませてしまいました

~偽りから始まるわたしの溺愛生活~

榛名井
[ILLUSTRATION]
條

A witch in love has drugged an elite knight with a love potion.

A witch in love has drugged
an elite knight with a
love potion.

むかしむかし。

あるところに、きれいなお姫様が住んでいました。

心根もとびきり美しかったお姫様を、誰もが愛さずにいられません。王様とお妃様も、お城の家来たちも、毎日のようにお姫様を美しいと褒めたたえます。

小鳥たちは彼女に歌をプレゼントして喜ばせ、風は調子に乗って吹くと、彼女の頭にシロツメクサの花冠をそっと載せていきました。

ある日、お城で開かれた舞踏会で、お姫様は隣国の王子様と出会います。

見目麗しい二人は、目が合った瞬間に恋に落ちていました。

「美しい人。私とダンスを踊っていただけませんか?」

「ええ、喜んで」

手と手を取り合って踊るお似合いな二人を、誰もが祝福します。

しかしおそろしいことに、森にはそんなお姫様に嫉妬する醜い魔女が住んでいたのです。

醜い魔女は誰にも愛されずに、森の中で怪しい薬を作っているのですが、お姫様の噂(うわさ)を聞いて、恵まれた彼女を憎まずにはいられないのでした。

「そうだ。あのお姫様に、豚に変わる薬を飲ませてやろう。ウッヒッヒ」

たちまち魔法で、そこらへんに居る召使い女に変装した魔女は、さっそくお城に向かいます。

そうして舞踏会を楽しむお姫様に、おいしい飲み物だと偽って豚に変わる薬を飲ませてしまいました。

さあ、大変。美しかったお姫様は子豚へと変わってしまいました。魔女は悪巧みがうまくいって大喜びです。

しかし心配することはありません。

すべてを見ていた小鳥たちは、戸惑う人々に向かって囀(さえず)ったのです。

「その豚はお姫様だ！　守ってあげて！」

「その女は魔女だ！　今すぐ殺してしまえ！」

それを聞いた王子は、召使いに変装した魔女をお城から突き落としました。

悲鳴を上げながら魔女が地面に叩(たた)きつけられて死んでしまうと、あら不思議。子豚になっていたお姫様は、美しいお姫様へと戻っていました。

こうして二人はいつまでもいつまでも、幸せに暮らしましたとさ……。

……………………。

「……はぁあ。このお話も、とっても素敵だったわ……」

小さな両手で、ぎゅうと絵本を抱えるように抱きしめる。

セシリー・ランプス。

優しい亜麻色の髪に、赤色の瞳をした愛らしい少女である。

薔薇色(ばらいろ)の頬を緩ませて、セシリーはうっとりと物語の余韻に浸っていた。

読み終わったばかりの絵本だが、すでにセシリーはこのお話が大好きになっていた。これから夜が来るたびに読み返しては、どきどきはらはらと胸を高鳴らせることになるだろう。そんな予感があった。

　セシリーは、ドラマチックなおとぎ話が大好きだ。

　うら若き二人が出逢い、紆余曲折ありつつも、最後は必ず結ばれて幸せになる。そんな楽しくて心ときめかせるお話が、物心ついた頃から好きで仕方なかった。

――ところで多くの物語には、ひとつの共通点がある。

　恋のお話には必ずといっていいほど、邪魔者が登場するのだ。

　継母や継姉。意地悪な老婆に、海やら森に住む陰険な魔女。それに醜いヒキガエルだとか。

　特に登場頻度が高いのは魔女である。魔女は、人気のない場所で得体の知れない怪しげな薬を作っては、それを使って物語の主人公に嫌がらせをしてくるのだ。

「今回も魔女が邪魔者として出てきたわね。まったく、困ったものだわ」

　年頃の女の子を豚に変える薬だなんて、ひどすぎる。舞踏会の会場に鏡がなくて良かった、とセシリーが胸を撫で下ろした場面だ。もしもあの美しいお姫様が豚になった自分を直視してしまったら、ショックで心臓が止まってもおかしくはない。

「でも残念だったわね。本当の愛の前では、意地悪なだけの魔女なんてなんの力もないんだから」

　おしゃまなセシリーは、ふふんと胸を張ってみせる。愛というのがどんなものか、よく知っているわけではないけれど、いつかセシリーもこんな風に素敵な恋がしてみたい。

「白馬に乗った、王子様……」

まだ見ぬ王子様に思いを馳せる。

果たしてその人は、どんな顔をして、どんな声をしているのだろう――。

「セシリー、愛のある結婚なんてこの世には存在しないわ！」


ある日のことだった。

その日、十歳の誕生日を迎えたセシリーは硬直していた。

いつものように絵本を読んでいたセシリーの部屋に、突然入ってきた母グレタが言い放った言葉。

その意味が、まだセシリーには理解できていない。

「ど、どういうこと？　だってママは、パパにとっても愛されているじゃない」

まだ動揺から立ち直れないセシリーは、たどたどしく言う。

それは事実だった。セシリーの目から見ても父と母は仲睦まじく、今でも新婚夫婦のように所構わずイチャイチャしている。

それなのに、と身体を震わせるセシリーにグレタは鋭く言う。

「それは、あたくしがあの人に惚れ薬を使ったからよ！」

――ピシャアアアンッッ！

と雷に打たれたような衝撃が、幼いセシリーの身体を貫いた。

というか、本日まさに天気は大荒れだ。

窓の外では稲妻が光り、雷鳴が轟いている。吹き荒れる大雨は地上を抉り、叩きつけるような勢いだった。

だからセシリーの呟く声は、ぎしぎしと窓枠が軋む音に掻き消されてしまったことだろう。

「ほ、惚れ、薬……？」

それは、初めて聞く単語ではなかった。

というのも物語の中で、何度も聞いたことがあったのだ。

魔女が人の心を手に入れるために使うとされる、禁断の薬。それを飲ませられた王子様は、お姫様ではなく魔女を愛するようになってしまうという。

セシリーはごくりと唾を呑み込む。

「まさか、ママは……」

「ええ、そうよセシリー。あたくしは魔女なの」

嘘だと言ってほしかったのに、グレタは事も無げに頷いてみせた。

物語に登場するあくどい魔女の姿に、今の母が重なって見える。

「この目を見て、セシリー」

セシリーはぼんやりとしながら、グレタを見つめる。

吸い込まれそうなほど美しく鮮やかな、真っ赤な瞳を。

「赤い目というのは、魔女の証なの。あたくしの目だけじゃないわ。隣の家に住むお姉さんたちや、それにセシリーの目の色も赤いでしょう？」

「！」

セシリーは慌てて、絵本コレクションを片っ端からひっくり返した。

（言われてみれば……）

絵本に登場する魔女の目は、どれも赤い。周囲に赤い目の人が多いから、一度も疑問に思ったことはなかったけれど。

「あたくしたちが住んでいるのは魔女の里。そしてあなたは十歳になった。魔女の掟では、十歳になった子どもには真実を伝えることになっているの」

「………」

セシリーは、今まで自分を支えてきたものが砂の城のようにぜんぶ崩れ去っていったような、そんな気がしていた。

「わたしが、魔女？」

小さな囁きは、暗雲から滴る大量の雨粒が黒く塗りつぶしていった。

A witch in love has drugged
an elite knight with a
love potion.

くぅくぅ、と穏やかな寝息を立ててベッドで眠る少女。

その小さな鼻が、何者かによって勢いよくつぶされた。

「ふぐっ」

くぐもった悲鳴を上げてセシリーは苦悶(くもん)する。だが、どんなにじたばたしても、鼻をおさえる何かは消えない。

「ふっ、ふむぐむ……」

しばらく苦しんだあと、セシリーはのろのろと目を開けた。

まだぼんやりしている瞳が、毛むくじゃらの前足を捉える。

セシリーは覚悟を決めて、むくりと起き上がった。

「ロロ、おはよう」

「ミャアン」

ふわぁと欠伸(あくび)しながら挨拶すれば、ようやく起きたかと言いたげに黒猫が返事をする。

背中を引っ張るような眠気をなんとか追い払ってベッドを出ると、井戸から汲(く)んできた冷たい水を桶(おけ)に移して、顔を洗う。

すっきりと引き締まった気分になると、パンを切り分けて塩漬けのハムとチーズを乗せる。食品の残り具合をチェックして、セシリーは顎に指先を添えた。

「やっぱり、今日は出かけないとだめそうね」

付け合わせのサラダに使う生野菜は、裏の畑で育てたものだ。

今日も今日とて朝食の催促が激しかった食いしん坊の愛猫には干した魚をやる。嬉しげに喉を鳴らして、ロロは魚の頭にかぶりついている。

そんなロロを横目に、小さなテーブルについたセシリーは食事を始める。

四角い窓の外からは、たっぷりと枝葉を茂らせた森が顔を覗かせていて、ちちち、と小鳥が鳴き交わす声が聞こえてきていた。いつも通りの穏やかな朝だった。


自分が魔女だと知ってから、早六年。セシリーは十六歳になっていた。

特別美人というわけではないが、じゅうぶんに愛らしい外見の少女である。

つり目がちの瞳や、毛先がふわりとカールした肩まで伸びた髪は、どこか猫を思わせる。

均整の取れた身体は少女らしい丸みを帯びている。町を歩いていれば、そんな彼女を気にする輩が、ひとりや二人は居ることだろう。

しかし、セシリーの傍には時折ニャアと鳴く猫の姿しかない。食事をしたり、裁縫をしたりするテーブルはひとり用の小さなサイズで、そもそも彼女が住まう家も、ひとり暮らしならば支障はないだろうという程度の大きさなのだった。

――今からちょうど一年近く前のこと。

セシリーは魔女の掟とやらによって、生まれ育った魔女の里を追い出された。

十五歳になった魔女には、二年の間、必ず世界を巡る旅をさせよ。魔女の見識を広げるためという理由で、そんな決まりがあったからだ。

――魔女とは、魔力という特別な力を持つ女性の総称である。

彼女らの特徴は、必ず赤い目を持って生まれてくること。いつの時代も数が少ない魔女だが、現代では両手で数えるほどしか実在していないとされる。

というのも魔女が人間との間に子を設けた場合、その子どもが魔力を持っているとは限らないからだ。自然と魔女の数は減り続けているとされる。

セシリーの父も、当然ながら魔力を持っていないただの人間だ。

いやいやいやいや、と泣いていやがるセシリーは、過保護な父に取りすがって穏便に済ませてもらおうとした。

セシリーをかわいがる父は魔女の厳しい掟に同情し、セシリーを庇(かば)ってくれたのだったが、残念ながらグレタには通じなかった。

奔放なようでいて魔女の掟には忠実なグレタは、嘘(うそ)泣きしながらセシリーを里から追放してしまったのだ。

しかしセシリーは困った。というのも、セシリーは人見知りをする魔女だったのだ。

世界を巡ってこいなんて言われても、無理。やだ。怖い。

知っている人だらけの里に早く帰りたい。

泣きながらセシリーはいくつもの山や谷を越えて、そうして辿(たど)り着いたのが、現在の住まいである、王都外れの森にある小屋だ。

昔は木こりか炭焼き職人が使っていたのだろう小屋はみすぼらしかったが、セシリーにはお城のように見えた。

それこそ、王都では深い森として知られるここには好き好んで近づく人も居ない。誰かに偶然会ってしまう危険性も少ないので、人見知りとしては万々歳である。

セシリーは掃除をして、ときには家具を造ったり運んだりして、小屋の中を快適な空間へと変えていった。

ちなみにロロは、泣き喚くセシリーを宥めるためにグレタが用意した旅の道連れである。

家を追い出されたその夜も、寂しさに耐えかねたセシリーは老いた樹木の洞に隠れるようにして、ロロを抱いて泣きながら眠った。今でも、そんな風に冷たく暗い夜を過ごすことがあった。

食事を終えたセシリーは丁寧に歯を磨いて、出かける支度をする。

寝着からエプロンドレスに着替えたセシリーは、姿見の前に立って髪を整えると、忘れずに目薬をさした。セシリーが手ずから調合した、目の色を変える魔女の薬である。

他にもいくつか、グレタからは薬の調合について教わったのだが、セシリーが日常的に作っているのはこの目薬ひとつである。

真っ赤な目は、ぱちぱちと何度か瞬きをすれば次第に亜麻色へと変化していく。セシリーを守る偽りの色だ。

鏡に手をついてその色合いを確認して、よし、とセシリーは呟く。

これも魔女の掟のひとつである。

魔女ではない人の前に出るときは、必ず目の色を変える。そうしなければ、欲望のために魔女の薬を求める輩が絶えないからだ。いわば、自分を守る術のひとつと言えた。

実際に魔女の作る薬というのは、驚くような特別な効能を持つものばかりだ。

目の色や、髪の色を変える薬。食べるだけで満腹になれる薬。肌がつやつやになったり、髪の毛がふさふさと生えそろう薬。

それに――惚れ薬。

人の心をねじ曲げる、最低最悪の薬。

物語の中の悪役が身勝手に使うその薬だけは、絶対にセシリーが作ることはないだろう。

出かける支度を済ませたセシリーは最後に、壁にナイフで刻んだ印を見やった。

里を出てからの経過日数を忘れることのないよう、つけた跡だ。セシリーは感慨深く、その跡をなぞる。

「あと一年とちょっと、か……」

里に戻れる日は、まだまだ遠い。

鬱蒼とした木々が生い茂る森を、荷物を背負ったセシリーは下りていく。
初夏の森には涼しげな風が吹いている。頭上の木々に遮られた日射しは柔らかく、快適な気温だ。
案内役のロロは、器用に木の根を避けて進んではときどき立ち止まり、後ろ足で身体をかいている。

セシリーは、息を切らしてついていくだけだ。

そんなセシリーは、かわいらしい衣服の上に黒いフードを被っている。なるべく誰かと目を合わせないようにするためだ。

人見知りにとっては、他人と目を合わせるという行為は言わずもがなハードルが高い。

セシリーは思ったことを素直に口にできないし、誰かと喋るにしてもぼそぼそと小さな声を発する。それにいつも表情は引きつったようにぎこちなく、滅多に笑みを浮かべることもしないのだった。

木の道が途切れがちになってくると、高い尖塔のある城が見えてくる。

遠く望める白亜の城を眺めるセシリーの瞳には、隠しきれない羨望がにじむ。

「あそこにはきっと、素敵な王子様やお姫様が住んでいるのよね……」

ぼうっと考えかけたセシリーだったが、我に返って頬を叩く。

もちろん、セシリーは下町で買い物をするだけだ。高貴な人々の居住区画や、ましてや王族が暮らす城に近づくことはない。

物語の世界は、魔女のセシリーからはずっと遠い場所にあるのだから。

子どもたちのはしゃぐ声を聞きながら、セシリーは足元のロロに言い聞かせた。

「じゃあロロ、お昼の鐘が鳴ったらここで集合だからね」

「ミャア」

おなじみの言葉には、呆れたような返事だけがあった。

ロロは近隣の家の倉庫に飛び乗ると、ぴょんぴょんと屋根の上にジャンプをして姿を消してしまう。

きっと町で飼われる猫や野良猫たちに会いに行ったのだろう。賢い猫なので、特に心配はしていない。

（むしろ心配なのは、わたしのほうよ）

食料や生活用品を買い足すために、セシリーは週に一度は町まで下りて買い物をしている。彼女にとっては、緊張づくしの一大イベントである。

ふぅ、はぁ、と何度も深呼吸を繰り返し、ようやく決心がついたセシリーは一歩を踏み出した。

――カゼアニア王国の王都カーザ。

高い城壁に囲まれた都は、カゼアニアの交易の中心地である。大きな港には毎日のように交易船が入り、大通りは商人のかけ声で賑(にぎ)わい、子どもの笑い声で溢(あふ)れている活気ある町である。

一見すると、華やかな王都は日陰者のセシリーにはあまりに不釣り合いに思える。だが、セシリーは知っている。

（田舎町のほうが、よそ者はよっぽど目立つのよ）

小さな町では、セシリーのように若い娘がひとりで暮らしていると、何かわけありなのだろうと訝(いぶか)しげな目で見られてしまう。

その点、王都であればセシリーはちっぽけな存在だ。誰もその素性を疑ったりはしない。

フードを被ったセシリーは開門されている市門から王都へと入っていく。

まずは荷物を減らすために、裏の畑で育てた薬草や野菜を売りに行く。薬草はともかく、野菜はひとりでは消費しきれないからだ。

しかし市で売っては、人との関わりが増えてしまう。そのため売値は下がるが、大衆食堂や薬屋で買い取ってもらうことが多かった。

今日もセシリーはおなじみの食堂で野菜を売る。そのあとは薬屋で薬草の束を売る。

薬草には森で採取したものも含まれる。人の手では育てられない貴重な薬草もあるためだ。採取したあと丹念に土や埃を取り、日除けをして乾かした薬草は状態が良いと評判だ。

食堂からも薬屋からもわずかな銅貨を得て、セシリーはふぅと満足げな息を吐く。

わずかな貯金はとっくに尽きて、今はこのお金だけが生活の糧だ。ロロは食いしん坊だけれど、ひとりと一匹の生活だから、贅沢をしなければやっていける。

そのあとはパン屋や肉屋に行き、順調に買い物を済ませていく。

メモにあるほとんどの商品を買い終えたところで、セシリーは我に返った。

（そろそろ目薬をささないと）

目薬の効力は、日によって誤差はあるが三時間から三時間半ほど。そろそろ切れる時間帯なのだ。

グレタの目薬ならば、一日に二回の点眼でもじゅうぶんだったのだが、まだまだ魔女として修行中の身であるセシリーの調合ではそうはいかない。

持ってきた革袋を漁る。セシリーはそこで首を傾げた。

「あれ？」

不安を覚えつつ道の片隅まで移動し、中身をひっくり返すように漁ってみるが、やはり目当てのものが見当たらない。

「……目薬がない」

セシリーは呆然（ぼうぜん）として呟いた。

今朝のことを思い返してみると、そういえば、点眼してそのまま瓶を棚の上に置いてきてしまったかもしれない。

つまり落としたわけではなく、最初から持参していなかったのだ。

「うう、サイアクだわ……」

うかつなミスにげんなりとするセシリーだったが、だからといって目薬を取りに小屋に戻り、また買い物に行き直すというのは手間がかかりすぎる。

それならば、多少は無理をしてでも急いで今日のうちに買い物してきたほうがいいだろう。

（あと、もう一店だけだもの。なんとかなるわ）

自身の判断が甘かったことに、そのときのセシリーは思い至らなかった。


町外れにある雑貨店に寄ったセシリーは、布や毛糸が並ぶ商品棚の間を通り抜けて、小さなボタンが展示された棚の前に立っていた。

袖についていたボタンをなくしてしまったので、似たデザインのものを探していたのだ。

良さげなものが見つかってほっとしていると。

「どういうこと。ここに出しておいた布がないわ！」

セシリーの身体がびくりと震える。

恐る恐る窺うと、カウンターのほうで店主らしい中年女性が何やら叫んでいる。

「仕入れたばかりなのに信じられない。どれほど高価だったと思ってるの！」

内容を聞く限り、どうやら何かの商品が紛失したらしい。

セシリーに分かったのはそこまでだった。カウンターを見ていた彼女は、怒鳴る女店主と目が合ってしまったのだ。

「そこを動かないで！」

はっきりと言われてしまえば、青い顔でこくこくと頷くしかない。

騒ぎに気がついて、近所の人や野次馬までわらわらと集まってくる。

彼らがひしめく出入り口は自然と塞がれてしまう。セシリーはフードを深く被って、店の片隅に所在なげに立ち尽くすしかなかった。

ちらりと確認してみると、店内を見ていた客はセシリー以外にひとりしか居なかったようだ。

女店主は、目を細めて二人の客を交互に見やる。

「品物の布がなくなったのよ。ここに飾ってあったのだけど、何か知っていることはない？」

知っていることはないかと口にしながらも、その声にも表情にも犯人を前にしたかのような疑念がまざまざと現れている。

店内に居た人数が限られているため、誰もが思うことは同じだろう。必然的に、セシリーたちに人々の視線が集まっている。

一挙手一投足が見張られているような気分になり、セシリーは肩を縮めた。

「おれは盗んでないぞ」

もうひとりの客が憤然として言い放つのを耳にして、セシリーは自身の愚かさを悟った。

黙り込んでいると、やましいことがあると思われてしまうのだ。現に今、疑わしげな目で周囲の人々は沈黙するセシリーを見ている。

「わたしも、しょ、商品を盗ったり……していません」

セシリーはそう口にした。だが実際は、声が掠れていて誰にも届いていなかった。

容赦なく降り注がれる視線の数々に、身体が急激に冷たくなっていく。

(どうしよう)

このままでは、証拠もないのに犯人だと思われてしまう。

「あれ、あの目……」

出入り口付近からそんな声が聞こえてきて、セシリーは俯けていた顔を上げた。

まじまじと野次馬たちから凝視される。何事かと思ったセシリーは、次の瞬間に息を呑んだ。

商品棚に置かれた鏡に、今のセシリーの姿が映っていた。

——赤い目をしたその姿が。

(目薬の効果が切れてる!)

慌てて隠そうとしても遅かった。

「赤い目だ」

「あの子、魔女なのか」

珍しい、と驚くような声がいくつか上がっている。

好奇の目に晒されたセシリーはフードを深く被る。そのまま、注目をやり過ごそうとするが。

「汚らわしい。なぜ赤い目の魔女が町におるんじゃ」

そんなセシリーを、野次馬の中から進み出た老婆が指さして容赦なくなじる。

「ワシら年寄りはよく知っておる。魔女は怪しげな薬をいくらでも使うんじゃ。きっとあの娘は、盗んだ商品を消してしまう薬でも持っているに違いない！」

決めつけるように言い切る老婆の言葉に、「そんな薬があるのか」と何人かが顔を見合わせる。

フードを握る手は、もはや氷のように冷たい。セシリーは唇をぎゅっと噛み締める。

(そんな薬、見たことも聞いたこともないわ)

めちゃくちゃなことを言って、ただセシリーを犯人扱いしたいだけではないか。

そう言い返したいのに、喉がつっかえて声が出ない。

セシリーが黙っているせいか、ひそひそと野次馬は好き勝手に話している。

(違う。わたしは犯人なんかじゃないのに！)

確かに遠い昔のこと、悪い魔女が王族を唆して国を傾けたという言い伝えが残っていたりはするものの、現代の魔女はそういった悪さはしていない。

彼女たちは各地に小さな集落を作り、そこでのんびりと暮らしている。セシリーの出身も、そんな魔女の里のひとつである。

だが特に年配の人間の場合は、未だに魔女への差別意識を強く残しているという。

(魔女というだけで、あんまりだわ)

そう訴えたいけれど、魔女を悪者扱いしていたのは幼いセシリーも同じだ。

まだ何も知らない幸せな少女だった頃のセシリーは、魔女を狡猾で残忍な存在だと罵っていた。

魔女がひどい目に遭って物語が締め括られると、拍手喝采を送っていたのだ。

だがセシリーは、お話に登場する魔女のように誰かを陥れたりはしていない。

ただ誰も寄りつかないような森の奥でひっそりと、息を殺して生活しているだけだ。それなのに
こんな扱いをされるのは、あんまりではないか。

(わたしは、犯人なんかじゃない!)

セシリーは心の中で叫ぶ。

だが声にならない叫び声を聞き届けてくれる人など、誰も居るはずはなく。

いよいよ大きな瞳から涙がこぼれそうになったとき――。


「魔女というだけで犯人などと、なんの根拠にもなっていないと思うが」


それは、決して大きな声ではなかった。

それなのに喧噪の間をすり抜けるようにして、よく響く。その低い声に、誰もが静まり返っていた。

「き、騎士様……」

女店主が、ぺこりと頭を下げる。

セシリーはフードで隠していた顔を、ゆっくりと上げた。

出入り口で腕組みをして立っているのは、騎士服をまとった長身の男性だった。

油で固めた短い髪は、闇より深い漆黒の色。生まれつきだろう小麦色の肌に、褐色の鋭い瞳が印象的だ。

外見の特徴からして、おそらく南部の出身と思われた。

しかし何よりも特筆すべきは、その堂々たる態度であろう。いくつもの視線を浴びながら、青年は動じることなく毅然(きぜん)としている。

その目が女店主を捉えたとたん、店主がびくりと肩を震わせる。青年は類い稀(まれ)なる美形だったがとんでもない強面(こわもて)だったし、佇(たたず)まいには威圧感があったのだ。

「店主に訊(き)きたい。そもそも、なぜ詰問から始める？」

「ど、どういう意味です？」

「目玉商品にしていた布がどんなものかは知らないが、大きさはそれなりだろう？　この場に居る人間の荷物を確認して、そんなかさばるものを持っているか確認したほうが早そうだが」

セシリーはちらりと一瞥(いちべつ)され、大慌てで革袋を下ろして中身を広げてみせた。

革袋の中身は、パンや干し肉、調味料などの食料品ばかり。セシリーが布など持っていないと誰にでも分かるだろう。

「も、持っていません」

セシリーが言えば、もうひとりの客は服のポケットを広げてみせている。彼のほうは手ぶらで、そもそも荷物すら持っていなかったのだ。

「それは、その、ですからそちらのばあさんが言ったように……犯行がばれると思って、店のどこかに魔法薬を使って隠したのかもしれませんし」

「そうだな。俺は魔女には詳しくないが、そういう薬もあるのかもしれない」

騎士服の青年は、驚くほどあっさりと肯定する。

「だとしても、だ。その商品というのは、いつ誰がどうやって店頭まで運んできたものなんだ？」

「え？」

「俺にはそれを運んだだろう人物の蒼白な顔色こそ、すべての答えのように思えるが」

青年の言葉に、その場に居る全員の目がその視線を追う。

そこには、店主の横でぶるぶると小刻みに震える店員の姿があった。

「す、すみません。おれが手洗いに行っている間に大騒ぎになってたもんだから、今さら何も言えなくなっちまって……っ、ま、まだ商品は裏にあります」

呆気に取られる、とはこういう瞬間のことをいうのだろうか。

始めに沈黙を破ったのは、店主が漏らした大きな溜め息である。

「あんたねぇ……」

「すんません！」

しかし彼女のほうも、そこに商品が並んでいると思い込んで騒いでいたのだ。本人もその自覚があるようで、セシリーともうひとりの客に向かって大きく頭を下げた。

「その、証拠もないのに疑ったりして悪かったね。許しておくれ」

セシリーは何も言えずにいたが、男は犯人扱いされたのに憤慨して立ち去っていく。野次馬たちもぞろぞろと出入り口から消えていった。

セシリーを犯人扱いしてきた老婆も、フンと鼻を鳴らして店を出て行く。

立ち尽くすセシリーに、店主が親切心を装って言う。

「そうだ。そのボタン、良かったらあげるから」

「はぁ……」

セシリーはなんともいえない返事をした。

ボタンが慰謝料代わりとは、なんともお手軽だ。しかし断るのも微妙に思えて、「ありがとうございます」と頭を下げる。

そうして振り返ったセシリーの目に、ひらりと翻る外套が目に入った。颯爽と事件を解決してみせた、騎士の青年のものである。

何かを考える前に、セシリーは離れていく大きな背中を追いかけていた。

「あの！」

そう声をかければ、ぴたりと立ち止まる。

「なんだ？」

振り返った瞳に優しさはないし、返事の声だって冷たい。

しかしこの名前も知らない青年は、セシリーを助けてくれたのだ。彼が居なければセシリーは冤罪をかけられ、犯人として、憲兵に突き出されていたかもしれない。

（お礼を、伝えたいだけなのに）

言葉が出てこない。

はくはくと口の開け閉めを繰り返したセシリーの頬を、熱い何かが伝っていく。

青年がぎょっと目を見開いたのを見て、セシリーは自分が泣いていることに気がついた。

「ご、ごめんなさい……っ」

ぼろぼろと涙は溢れ、止まらなくなる。

（泣くつもりなんて、なかったのに）

恩人にお礼さえ言えない、引っ込み思案な自分が情けないからだろうか。それとも、窮地を脱してほっとしたから？

正しい涙の理由も分からないまま、セシリーはとっさに深く俯いて、手の甲で涙を拭った。だが勢いは増していくばかりだ。

これでは変に思われてしまう。セシリーは震える喉をおさえたが、そこから意味のある言葉は一向に出てこない。

「……？」

パニックに陥っていると、目の前にすっと差し出されるものがあった。

それは、清潔そうな白いハンカチだった。

どういう意味だろう。おずおずと顔を上げると、屈んだ青年は眉根を寄せてセシリーを見つめている。

急に泣き出したセシリーに、呆れているのだろうか。

そう思った瞬間、形の良い薄い唇が囁いた。

「無理に涙を止める必要はない」

その人はどうしてか、泣き止まなくていいと言う。

きょとんとするセシリーの前に、ぬっともう一度、ハンカチが突き出される。受け取れという意味だとようやく分かったセシリーは、ハンカチのはしっこを掴んだ。

その柔らかさにほっとしながら、濡れた目元を拭う。

頭上からは、どこか労るような声音が響いてきた。

「怖かっただろう。もう大丈夫だからな」

「……っ」

それは、セシリーの痛みや苦しみに寄り添うような言霊だった。

魔女だからというだけで差別をされ、誤解を受けた。そんなセシリーのことを、青年だけがまっすぐに見つめてくれたような、そんな気がした。

(やっぱりお礼を、言わなきゃ)

店内で颯爽と助けてくれたこと。それにハンカチと、彼の労りへの礼を、せめて伝えなければ。

そう思ってセシリーは、勇気を振り絞って顔を上げる。

涙はとっくに引っ込んでいた。

「あの――」

だが。

そのときには、もう青年の姿はなかった。

きょろきょろとセシリーは見回すが、人混みの中に長身の彼は見当たらない。

気が抜けて、小さく溜め息を吐く。

しかし手の中に残ったハンカチだけが、数十秒の間に起こった出来事は夢ではないのだと告げている。

とくり、とくりと鳴る。

普段より速い心臓の音は、セシリーに知らない振りをさせてはくれない。

セシリーはハンカチの表面を、大切そうに撫でる。

「……優しい人」

憧れてやまない、物語に出てくるような白馬の王子様とは少し違う。

ぶっきらぼうで、愛想がなくて、笑顔のひとつも見せてくれなくて。

でも、誰よりも格好良くて。

「王子様、みたいだった」


その騎士に、セシリーは恋をしていた。

第二話 ♡ 惚れ薬を作る

A witch in love has drugged
an elite knight with a
love potion.

明くる日の朝。

セシリーはロロに起こされるでもなく早く起きると、朝ごはんを食べ、部屋の掃除をし、身支度を整えていた。

姿見の前に立ち、髪をいじる両手には気合いが入っている。

「ああ、もう、うまくいかないっ」

だが気合いというのは存外、空回りするものである。お気に入りのリボンで髪を結ぼうと四苦八苦するのだが、不要な力が入っているせいか、何度やり直してもぐにゃんと変な髪型になる。

「ミャア？」

足元では、ロロが胡乱げに鳴いている。

溜め息をこぼしたセシリーは、結っていた髪をはらはらと解いた。これでは逆に、変な女だと思われてしまうだろう。

もう一度ブラシでやんわりと髪を整えてから、両目に目薬をさす。

亜麻色の目をした自分の顔をあらゆる角度で眺めたら、よしとフードを目深に被る。

その時点で髪はぐちゃぐちゃになっているのだが、本人は思い至っていない。それくらい、昨日からセシリーの緊張は続いていたのだ。

「騎士様は、今日も町に居るかしら？」

緊張といっても、ドキドキ、と騒ぐ鼓動の音は甘やかなものだった。

家を出ようとしたセシリーが忘れないように荷物に入れるのは、昨日のうちにしっかりと洗濯したハンカチだ。

建前は、借りていたハンカチを返すため。本音は、お礼を言うため。

奥まったところにある、二つ目の本音は……あの騎士に、もう一度だけ会いたいから。

昨日すべての買い物を済ませたセシリーだが、彼に会いたいがために町に出かけることに決めていた。

(なんだかちょっと、ストーカーっぽい気もするけど……)

ブンブン、と音が出るほど激しく首を振る。

(違うわ。わたしはお礼が言いたいだけ!)

ひとつ目の本音を胸に刻みつけて、いざ出発である。

「ロロー? 町に行くけど、どうする?」

「………」

そう声をかけてみるけれど、窓辺に座って尻尾だけ振るロロはついてくる気がないようだ。猫というのはとにかく気まぐれな生き物なので、珍しいことではない。

ロロ用の皿に新しい水をたっぷりと入れて、頭を撫(な)でてやる。ロロは気持ち良さそうに目を細めてうっとりしている。

「じゃあ、行ってくるからね。お留守番よろしくね」

そう最後に声をかけて、セシリーは出発した。

今日も王都は活気があり、賑わっている。

少しだけ心配していたが、セシリーに関して何かしらの噂が広まっている様子もなかった。

「ええと、騎士様は……」

大通りをきょろきょろと見回してみて、セシリーははたと根本的な問題に気がつく。

(わたし、あの人の名前も知らないんだった)

昨日、運命的な出会いを果たしたせいだろうか。町に来ればなんとなく会えるような気になっていたが、王都は広いのだ。そんなわけがない。

こうなったら、とにかく手当たり次第に歩いて探すしかないだろうか?

セシリーがそう思ったとき。

「あ……」

視界のはしに。

――青く上品な制服に、金色の飾緒が映った。

その人物はくすんだ金色の頭をしているので、昨日の青年でこそない。だがまとっている制服のデザインは、彼と同じものだ。

おそらく、所属する騎士団が同じなのだろう。

セシリーは雑踏に飛び込んだ。金髪の人物を追っていけば、目当ての青年に会える可能性が高い。

人混みの間を注意深くすり抜けながら、その人物のあとを追いかける。

引っ込み思案なセシリーにしては、あり得ないくらいの行動力である。そんながんばりが功を奏したのか、数分後に願いは叶うこととなった。

金髪の人物は、大衆向けの食堂へと入っていく。

店内に客は少なく、馬鹿正直に入り口をくぐったら尾行がばれるだろう。セシリーはあたりを見回して、店の裏側に面した路地裏に樽が並んでいるのを見つけた。

樽を足場にして、小さな窓からひょっこりと顔を出す。

そうして覗き込んだ店内には、テーブルについて片手を挙げている、あの青年の姿があった。

(居た！)

セシリーはぱぁっと目を輝かせた。

(どうしよう。今すぐ突撃するべきかも、だけど……)

樽の上に乗せた足が、そわそわと惑う。

まだ早い時間帯なので、店内には二人以外に客は居ない。彼がひとりであれば勢いのまま飛び込んでいけたかもしれないが、店員や彼の同僚が居る以上、うかつに踏み込む気にはなれない。

ふと、会話の声が漏れ聞こえた。

金髪の男が、からかうように黒髪の青年に話しかけている。

「珍しいね、二日も続いて町に出るなんて。聖空騎士団長が不在だと、第五王女殿下が悲しむだろうに」

「分かりやすいいやみだな、アルフォンス。むしろ王女殿下は俺の不在にほっとしているだろう」

その内容に、セシリーは驚く。

（聖空騎士団って……）

世情に疎いセシリーも、その名前は知っている。

聖空騎士団はカゼアニア王国が所有する騎士団で、飛竜の乗り手集団である。飛竜はもともと魔獣でありながら、魔女によって手懐けられ、強力な攻撃力によって空を制したと伝えられる生き物だ。いかなる外敵にも領空を侵させず、空の守護者として国土を守り続ける聖空騎士団の歴史は長く、彼らは堅固にして華麗なる王の翼として羽ばたき続けた。

現在は他国との戦争はないため、彼らは主に魔獣討伐の任を負っているというが、そこでも縦横無尽の活躍をしているという。

聖空騎士団の特徴のひとつは、近衛のように部隊が分かれていないことだ。というのも部隊を分けるほど配属されている人数が居ないからだ。

団員は平均して十年から十五年の勤続で引退し、残りの人生は長命な飛竜を看取るのに使う。ときどき、災害時の救出活動に出動することはあるが、基本的には余生と呼ぶべき時間であろう。

飛竜乗りには技術が必要で、減った分はまた、新たに別の飛竜を育てた騎士が補充される。というのも飛竜は、自らを手ずから育て上げた人間にしか心を開かないためだ。獰猛な生き物で、もし育て親以外の人間が近づいた場合、噛み殺したり、蹴り殺したりと、簡単に命を奪ってしまう。

そのため団員がなんらかの事故や病気、あるいは出撃で戦死した場合、残された飛竜は野に放たれる。

団員も飛竜も、お互いに替えが利かない。国を守る戦力として大きいが、その分、多くのリスクを抱えているのが聖空騎士団である。

飛竜は数少なく、飼育も困難な生き物なので、現役聖空騎士団の人数はたった二十人ほどしか居ないそうだが、それを率いる騎士団長はまさに王国を代表する武人――精鋭中の精鋭といえるだろう。

(あの人、すごい人なんだわ)

セシリーが感心する間にも、会話は続いている。

「そういえばシリルから聞いたんだけどさ。ジーク、女の子を助けたんだって?」

(ジーク!)

セシリーは興奮のあまり、樽から落ちそうになった。

なんと、労せずして黒髪の騎士の名を知ることができたのだ。アルフォンスという男には感謝せずにはいられない。

(名前まで、格好良い。素敵)

ほとんど反則だ、とセシリーは顔を真っ赤にする。

心の中でセシリーはジーク様、と何度もその名前を呼ぶ練習をした。

(ジーク様、ジーク様、ジーク様……)

「しかし驚いた。王都にも魔女が居るんだね」

セシリーはぎくりとした。話題に出ているのは、どう考えてもセシリーのことだったのだ。

角度的に見えるのは二人の横顔だけだったが、ジークの表情は、少しだけ硬くなったように思えた。

「……言いふらしたりはしていないだろうな？」

「してないさ。だけど警戒するに越したことはないかなってね」

アルフォンスが、警告するように声音を鋭くした。

「気をつけてねジーク。魔女は怪しい魔法薬で、人の心すら操るって言うじゃないか。君ほどの男でも、薬を使われたら一溜(ひとた)まりもないだろう」

その言葉は、セシリーにとってショックなものだった。

昨日セシリーを声高に犯人だと主張した老婆ほどではないが、聖空騎士団に所属するような人でも、魔女を差別するのだと分かったからだ。

（でも）

セシリーは拳をぎゅっと握る。

ジークは、セシリーを差別したりはしなかった。

セシリーの正体を知った上で、当たり前のように手を差し伸べてくれた。

他人にとっては些細(ささい)と思えるきっかけだろうが、そんな彼だからこそ、魔女のセシリーは恋に落ちたのだ。

だからきっと、ジークは否定してくれる。

あの少女はそんな真似はしないだろうと、そう言ってくれる――。

「ああ、肝に銘じよう」

——想いは、呆気なく裏切られた。

樽の上に座り込んだまま、セシリーはしばし呆然としていた。

どれだけの時間が過ぎ去ったのか。あたりは薄暗くなっており、夕暮れを渡り鳥が鳴きながら飛んでいく。

二人は食事を済ませて、とっくに帰ったのだろう。明るい店内からは、早くも酔っ払った誰かが騒ぐ声が響いてくる。

セシリーは立ち上がり、凝った筋肉をぐっと伸ばした。

橙色に染まった夕空を見上げ、小声で呟く。

「……やってやる」

夕焼けより赤いセシリーの瞳に涙はなかった。代わりに、ギラギラと燃える決意が宿っている。

「そんなにお望みなら、やってやるわ」

セシリーは、あの悪しき薬——惚れ薬を作る覚悟を、決めていた。

家を出るとき、セシリーはいくつかグレタが書いたレシピを荷物に入れていた。

一年間の旅の最中、どんな魔法薬が必要になるか分からないからだ。

しかし運命のいたずらか、持ってきたレシピには入れた覚えのない一枚が紛れ込んでいた。——

惚れ薬のレシピである。

すぐに破り捨てるべきだったのに、セシリーはできなかった。だからといって直視することもできずに、戸棚の奥に封印していたのだ。

その封印を今日、セシリーは解く。

「お母様の字……懐かしいわ」

インクの跡をなぞり、セシリーは深々と溜め息を吐いた。

まるでこうなることを、ずっと昔にグレタに予見されていたような気がしてくる。未来を知っていた魔女は、旅立つ娘の荷物にこっそりとレシピを紛れ込ませたのだと。

しかし今となっては、このレシピだけが頼りである。

気を引き締めて、セシリーはレシピに目を落とした。

まずは材料を集めようと、上から順に見ていく。

「えっと、まずは青根の薬草……」

幸いというべきなのか。

惚れ薬にはとにかく必要な材料が多かったが、その大半はあっさりと揃った。

というのもセシリーは畑を耕し、多くの薬草を育てている。隅っこに生えたマンドラゴラの根を引き抜くのには苦労したが、これも耳栓を使ってなんとかなった。

「よし、じゃあ次は」

というわけでやや舐めていたセシリーは、次の行で声をひっくり返らせた。

「次は、アイアイガエルの…………………生き血！」

急にハードルが高い。セシリーは愕然としてしまう。

「カエルの、生き血！」

びっくりしすぎて、もう一度叫んでしまう。

嘘でしょと思いつつ、その下にも目を向けると。

「術者の髪の毛、毛根ごと千本⁉」

多すぎる。絶対に痛い。想像するだけでセシリーは頭皮を傷めてしまった。

「それとピンクトカゲの尻尾？　湖に浮かぶ満月がみたび愛でた水？　術者の生き血ぃっ⁉」

なぜこうも生き血ばかりを要求するのか。

セシリーは信じられない気持ちでわなわなと震える。

（ちょっと待って。これ、人に飲ませるのよね？）

罰ゲーム？　いじめ？

こんなものをジークに飲ませるのは、あまりにひどいのではないだろうか。いや、そもそも惚れ薬で心を操ろうとしている時点で極悪なのだが。

しかもカエルの血を抜くのも、トカゲの尻尾を奪うのも可哀想だし、三か月も放置した水なんてとても飲めたものではない。第一、髪の毛が入っている時点で何もかも最悪だ。

自分の血を入れるのなんてもう最悪を通り越して非常識だ。それに痛いのもいやだ。

こうなると、いやいや尽くしになってくるセシリーである。

「ロロ！」

耐えかねたセシリーは黒猫の名を呼ぶ。セシリーが木板を組み合わせて作ってやったキャットウォークから、ロロが不思議そうに見下ろしてくる。

セシリーは猫なで声で、ロロにおねだりしてみた。

「ねぇロロ、カエルの生き血とトカゲの尻尾を持ってきてくれる？」

いや、乙女がおねだりするにしては、だいぶハードな内容ではあるが……。

「………」

ロロはといえば、ふわぁと欠伸をする。太った愛猫の真下で、みしみしと木板が軋む。

「ね、ねね、お願い！　今夜の夕食は豪華にするから、わたしの代わりにカエルの生き血とトカゲの尻尾を……」

セシリーの哀願する声を無視して、ロロがころんと丸くなった。

どうやら手伝う気はないらしい。薄情な猫である。

「……う、ううん。別にそれそのものを入れなくてもいいんじゃないの？」

いやすぎるので、セシリーは分かりやすく妥協の精神を発動させた。

「そう！　あんまり認めたくないけど……わたしには魔女の血が流れてるんだもの。そんなわたしが一生懸命に作れば、惚れ薬っぽいものができるはず！」

声に出すことでセシリーは自分を奮起させた。

やる気を取り戻したセシリーは、次々と代わりの材料を集めていく。

カエルの血の代わりに熟れたトマト。トカゲの尻尾の代わりにゴボウの先っちょ。満月に三度晒(さら)した水の代わりに、花瓶の水。

そして髪の毛の代わりに細めの麻縄。自分の血の代わりに熟れていない清らかなトマト。

「か、完璧だわっ」

セシリーは自分の天才ぶりにいたく感動した。

材料の準備ができたところで、工房に持っていく。調理場とは別に、調合を行う空間だ。倉庫を改造して造った工房で、セシリーも愛着がある。

慣れ親しんだ工房にやって来たセシリーは、大鍋に花瓶の水をばしゃばしゃと入れて、竈(かまど)に火を入れる。

次に刻んだり、煮出した薬草などを鍋の中に落としていく。もちろん、トマトやゴボウもだ。

火力が安定したのを見計らい、これまた大きなかくはん棒を握って鍋の中を混ぜ混ぜする。

ふつうに混ぜるだけでは、ふつうのまずそうな液体ができるだけだろう。

しかしセシリーは魔女だ。

魔女は、調合する薬に魔力を込めることで特別な薬を作る。

「……っふぅ」

指先に魔力を集めるようにイメージして、集中を高めるセシリーの赤い瞳は、それそのものが宝石のように光り輝いている。

額には玉のような汗が浮かんでいるが、セシリーは決して音を上げずに奮闘する。

「そうよ。やってやるって、決めたんだから……」

セシリーを突き動かしている原動力は、悔しさだった。

怒っているし、悲しいし、悔しい。

普段なら泣き寝入りを選んで、十年間くらいは引きずりつつもいつか忘れていただろう。だが、期待を裏切られたセシリーの絶望はそれよりもずっと深かった。

もしかしたら自分にも、おとぎ話のような恋が許されるのかもしれない――王子様と結ばれる日が来るのかもしれない――そんな淡い予感を抱いてしまうほどに、セシリーはジークに惹かれていたのだから。

途中、麻縄に引火したり、トマトが弾けて顔が真っ赤になったりと事故もあったが……それこそ、筆舌に尽くしがたいほどの努力の末に。

「できた……！　できたわ！」

セシリーは歓声を上げた。

冷ましてから瓶の中に移した液体は、素材が溶けきっていないし、不安になるほどショッキングな赤色をしているが。

――惚れ薬（仮）が、ついに完成した。

翌日の夕方。

徹夜明けのセシリーは惚れ薬（っぽいもの）を手に、町へと向かいながら頭を悩ませていた。

惚れ薬ともなると、セシリーが試しに飲んでみても効能は試せないし、ロロは毒々しい色の薬に口をつけようとはしない。

ジークには申し訳ないが、ぶっつけ本番で飲ませるしかない。

……まぁ、それはいい。セシリーが悩んでいるのは他のことだ。

「これ、どうやったら疑われずに飲んでもらえるのかしら」

ジークに薬を飲ませる方法である。

騎士団の団長ともなれば、口に入れるものにはそれなりの警戒心を抱いているだろう。

例えばセシリーが助けてくれたお礼だと惚れ薬を差し出したとして、ジークは大人しく飲んでくれるだろうか？

「……いいえ、飲まないでしょうね」

ふっ、とセシリーは自嘲気味な笑みを浮かべる。

ジークにとって、しょせん自分は得体の知れない魔女なのだ。

そんな魔女が手渡してきた飲み物など、怪しいと突き返すに決まっているではないか。

「食事に誘って、飲み物に混ぜるとか……？　でも、わたしにそんな器用な真似ができるかしら……」

ブツブツと呟きながら歩くセシリーの様子は不気味で、道行く人はそんな彼女を避けて歩いているのだが、注意力散漫なセシリーはまったく気がついていない。

「それに、あの人を呼び出す方法だってないのに」

ジークは聖空騎士団所属なのだから、おそらく王城に行けば会うことができるだろう。

だがセシリーは平民である。王城に自由に出入りできる身分ではない。となると、また町角で見かけるくらいしか彼に会う手段はないが。

「そもそも、そんな都合のいいことが何度もあるわけ……、きゃっ」

左肩が誰かにぶつかり、セシリーは短く悲鳴を上げる。

しかしふらついたセシリーは、倒れる前に筋肉質な身体によって受け止められていた。

「す、すみません。よそ見をしていて……」

謝りながら顔を上げたセシリーは、こくりと息を呑む。

というのも、驚いたような顔でセシリーの肩を受け止めていたのはジークだったのだ。

(都合のいいこと、起きた！)

まるで、運命の神がセシリーに味方しているかのようだ。

唖然とするセシリーから、ジークはすぐに手を離したが、そのまま立ち去ろうとはしなかった。

後光でも背負っているように輝いて見えるのは、セシリーの錯覚だろう。そうに違いない。

「また、会ったな」

放たれた一言に、セシリーは目を見開く。

「……っわたしのこと、覚えているんですか？」

「ああ。以前、雑貨屋で」

――覚えていてくれた。

些細なことに喜びそうになって、セシリーは舌を噛む。

（そんなことにときめいて、どうするのよ！）

今のセシリーは復讐に燃える魔女なのだ。

乙女の心を弄び、見事に裏切ってみせた。そんな男に惚れ薬を飲ませてやると決めたではないか。

こちらを見下ろすジークの褐色の瞳――ではなく、形の良い鼻のあたりを見ながら、セシリーは緊張に上擦る声で提案した。

「よ、よ、よろ、よろしければ、一緒にお食事でもどうですかっ？」

（って、急すぎる！）

イメージトレーニングの際は、最初は何気ない世間話から入るはずだったのに。「そういえばごはん食べた？」みたいな自然な誘い方をするはずだったのに！

（でも、だって、男の人を食事に誘うなんて初めてだから！）

緊張しすぎて目は泳いでいるし、人差し指と人差し指は糸でも編むかのようにもじもじしている。

今のセシリーを見た人は、誰もが怪しいと思うだろう。だが本人はそれどころではない。

（ジーク様はどう思ったんだろう……）

爆音のように鳴る心臓に全身を押しつぶされそうになりながら、ちらりと見上げてみると。

「え？　食事？」

予想通りというべきか、目を白黒させている。

セシリーは早くもめげそうになる。だがここで断られてしまえば、今後二度と薬を盛るチャンスはない。何がなんでもジークには頷いてもらわねばならない。

「わたし、お金出しますから！　お願いします！」

なりふり構わず頭を下げると、道行く人の視線が一気に集まる。

注目を嫌ったのか、「やめてくれ」とジークが慌てたように言う。

「食事は構わないから、頭を上げてくれ。だが支払いは俺に任せてくれないか」

「えっ。で、でも」

「どこか行きたい店はあるか？　食べたいものは？」

曖昧に首を縦に振ったり、横に振ったりしているうちに、ジークに連れられたセシリーは貴族街にほど近いレストランへと入っていた。

大衆向けの食堂に比べると、小洒落た雰囲気の内装だ。気後れしたセシリーだったが、ジークが給仕に何かを耳打ちしてから案内された二階席は、他の席とは仕切りで隔てられていた。

しかし一階席からは吹き抜けになっているので、密室にはなっていないし、人の注目をおそれるセシリーにとってこれ以上はない席だ。

（わたしを、気遣ってくれた？）

そう思えば、また胸がきゅんとする。

（だから、どうしてときめいちゃうの！）

いちいちジークの優しさに反応してしまう自分が居る。

そんな自分を持て余すセシリーに、ジークが椅子を引いてくれる。セシリー、またときめく。堂々巡りである。

という紆余曲折を挟みつつも、二人は向かい合って着席した。

こほん、とジークが咳払いをする。

「そうだ、まだ名乗っていなかったな。俺はジーク・シュタインという。聖空騎士団という騎士団では団長を務めている」

「し……」

知っている——とは、さすがに言えない。

セシリーはぺこりと頭を下げた。

「わ、わたしはセシリーです」

「セシリーか。良い名前だな」

ほわり、とセシリーの胸が温かくなる。

（だから！　喜んでいる場合じゃないの！）

身体を揺らしたとき、ちゃぷちゃぷという音が聞こえた。

鞄の底に入った瓶——その中には惚れ薬が入っているのだ。

（そうよ。わたしはこの食事の場で、どうにかしてこの人に惚れ薬を飲ませてみせる……！）

決意に燃えるセシリーには気がつかず、ジークがメニュー表を指し示す。

「果実水でいいか？　酒のほうが良ければ、そちらを注文するが」

カゼアニア王国では、十六歳は成人として扱われる。それに魔女はあらゆる魔法薬を自分の身体で試すからか、酒に強い上戸が多い。

だがセシリーは酒の味が苦手だった。柑橘系の果実を搾り、水で薄めた果実水のほうが好みの味だ。

「えっと……果実水で大丈夫です。ジ、ジーク様は？」

「そうだな。俺も同じものにしよう」

セシリーが不思議そうな顔をしていると、ジークが淡々と言う。

「女性と二人なのに、酒を飲むつもりはない」

「……っ！」

そんな何気ない気遣いにも嬉しくなってしまうのは、セシリーが異性との交流というのを知らないからだろうか？

それとも、こんな風に他人を慮れる人は、そこら中に歩いているのだろうか。セシリーには分からなかった。

ジークが店員を呼び、飲み物と簡単な料理を注文する。

飲み物が運ばれてくるのを待つ間、ジークがまた口を開く。

「セシリーは王都に住んでいるのか？」

「あ、えっと、王都外れでひとりで暮らしています」

（正しくは王都近くの森で、だけど）

ジークが目を瞠るが、嘘がばれたわけではないらしい。

「ひとりで？……ご両親は？」

「あ、魔女の掟で……家を、追い出されたので」

「追い出された⁉」

大きな声に、セシリーは驚いて肩を竦めた。怯えたのに気がついたジークが口元をおさえる。

「すまない、驚かせるつもりじゃなかったんだ」

「い、いいえ」

セシリーが説明不足だったのが悪い。

「あー……えっと、魔女の掟で、十五歳になったら二年間、外の世界に出なければいけなくて。いやだったけど、でも決まり……だったから」

言葉を選びながら、セシリーはそう説明した。

「魔女の世界には、そんな厳しい掟があるのか……」

ジークはそう呟いたが、それ以上何か言おうとはしなかった。

「ところで、セシリーは……」

ジークがまた何か言いかけたところで、セシリーは危機感を募らせた。

（いけない。このままじゃ会話の主導権を取られちゃうわ）

とっくに奪われている気もするのだが、このまま流されていては目的が達成できない。

セシリーは深呼吸をして、どうにか口を開いた。

「あ、あの、あの、ジーク様は、さぞおもてになるんでしょうね」

「え？」

そしてどんなにがんばっても、セシリーのコミュニケーション能力はゼロに近い。繰り出された話題はあまりにも唐突である。

だがセシリーの真剣味あふれる顔つきからして、ふざけているわけではないと察したのだろう。ジークは考えるように顎に手を添えた。

「女性にもてる、という経験は今まで一度もないな」

「えっ」

それは意外すぎる。

セシリーが目をしばたたかせると、ジークは頬をかいた。

「俺は商家の三男で……親が爵位を買ったから男爵家の三男ではあるが、ほとんど名のない家の出身だしな。今年で二十歳になったが、兄たちのように婚約者というのも居ない」

（良かったー！）

素直に大喜びする自分の頬を、ぐにっとセシリーはつまむ。

幸いジークはぐにぐにするセシリーに気がつかず、どこか遠い目をしている。

「警護対象には怖がられるし、たまに警邏（けいら）をしても女性や子どもには泣かれるばかりだしな」

「えっ、怖がられて泣かれる……？」

「ああ。見れば分かると思うが、俺の見た目がおそろしいんだろう。仕方のないことだが」

軽く肩を竦めるジークを、セシリーはじぃっと注視した。

（こんなに素敵なのに）

確かに、背が高く強面だ。怒っているように眉間に皺が寄っているし、目つきは鋭くて声が低い。乱暴そうな雰囲気に、怖いと思ってしまう人も居るだろう。だがそんなの、少し彼と話してみれば簡単に拭える印象に過ぎない。

それによくよく見れば、凛とした面立ちはハンサムで、褐色の瞳は美しく理知的。薄い唇から紡がれる言葉はどこまでも穏やかで紳士的だ。

（華麗な騎士服がこうも似合う男性は、他に居ないと思う。それに、それに……）

おかしい。水の尽きない泉のように、ジークの良いところばかり次々と浮かんでしまう。

「すまない。こんな話をされても君が困るだけだな」

ジークに謝られ、セシリーはふるふると首を振った。

「普段はこんなこと、誰にも話さないんだが」

どうしてだろう、と本当に不可思議そうに首を捻っている。その整った顔を、セシリーはひそやかに見つめる。

（彼の周りは、見る目のない人ばかりなんだわ）

悔しくなる。

もしもセシリーが魔女でもなんでもなく、ただの少女であったなら――この人を放ってはおかないのに。

給仕が運んできた果実水で軽く乾杯をする。

一口目を飲んだセシリーが、ゆっくりと唇を離すと。

「それで、セシリー」

「な、なんでしょう？」

「何か、困ったことがあって俺を訪ねてきたのではないか？」

その一言が、だめ押しだった。

虚をつかれたセシリーは、思わず泣きそうになって俯く。

ほとんど見ず知らずの少女……しかも魔女からの誘いを、疑いもせずにジークが受けてくれた理由が分かった。セシリーに道ばたで話せないような相談事があるのかもしれないと思って、ジークはこの場を整えてくれたのだ。

（やっぱりこの人は、優しい人）

そんな人に、惚れ薬のような卑怯な薬を飲ませたりしてはいけない。

熱に浮かされたように、仕返しをするかのように薬を調合したけれど、ジークは何も悪くはない。

勝手に彼を探し、会話を盗み聞いてショックを受けたのはセシリーの落ち度だ。

本当なら、雑貨屋で救われたことだけを胸に抱いて、あの幸せな記憶だけを噛み締めていれば、こんなことにはならなかった。この事態を招いたのはセシリー自身なのだ。

（やめよう）

セシリーは鞄をぎゅうとおさえて、そう決めた。

だが偶然、鞄から覗く瓶が見えたらしい。ジークが首を傾げた。

「それは？」

「これは、あなたに渡そうと思って持ってきたんですけど」

瓶を手に取って、へらりとセシリーは笑う。愛らしく笑う術を持たないセシリーは、こんな風に卑屈に笑うことしかできない。

「でも、いいんです。これは捨てることにしましたから」

「なぜ捨てるんだ。もったいない」

「いいえ、もったいなくは……えっ」

そこでセシリーは硬直した。

というのもジークは立ち上がると、セシリーの前で片膝をついたのだ。

まるで忠誠を誓う騎士のような仕草に、セシリーの頬が赤く染まる。

それに気づいているのかいないのか、ジークはセシリーの手を取ると、手の甲にちゅっと口づけを落としてみせた。

びっくーん、とセシリーの華奢（きゃしゃ）な肩が跳ねる。

「女性からのプレゼントなんて、初めてだ。捨てるなんて、どうか言わないでくれ」

「ひえ……っ⁉」

見上げられ、潤んだ瞳でそんなことを懇願されてしまっては、セシリーにはもう拒絶なんてできるわけもない。

だが、急にジークはどうしたと言うのだろう。先ほどまではあんなに理性的だったというのに、なんだか箍が外れたかのように振る舞っている。

混乱していると、若い男の店員が二階に駆け込んできた。

「お客様、すみません！　誤って先ほど、果実水ではなく果実酒をこちらのテーブルに運んでしまったようで……！」

「ええっ」

セシリーはジークのグラスを摑み、においを嗅いでみた。

確かに、セシリーのグラスと異なりお酒の香りがする。度数はそう強くはなさそうだが――。

（じゃあ、今のジークは酔ってるの？）

言われてみれば表情は相変わらず乏しいものの、頰が軽く上気しているような気がする。お酒に酔うと、少しだけ行動が大胆になるのかもしれない。

なんて冷静に分析している場合ではなかった。

「ふむ、このにおいは発酵酒か？　初めて嗅ぐタイプの独特のくさみ、いや香りだが……」

セシリーが片手に握っていたはずの瓶が、いつの間にかジークの手の中へと移動している。

「ちょ、ちょっと！　ジーク様！」

セシリーは泡を食った。

「うわあ！　どうしよう！」

店員もなぜか慌てふためいている。

「では、さっそくもらってみよう」

「だめですってば！　それは危険だから早く捨て――」

セシリーの声は最後まで続かなかった。

ジークは瓶の蓋を外すと、その中身を逆さまにしていたのだ。

（えっ。………ええー!?）

男らしい喉仏が、毒々しいほど赤い液体をごくごくごく、と勢いよく嚥下（えんげ）する。

なんと、飲んでいる。惚れ薬を。ジークが。

止める暇はなかった。ただ、セシリーと店員は二人で口を半開きにして、彼の暴挙を見守るしかできなかった。

そうして注目の中、ジークは一滴も残さず惚れ薬を飲み終えてしまう。

「うぐっ!?」

その直後、異変が起こった。

苦しげな呻（うめ）き声を上げると、ジークは受け身も取らず床の上に倒れてしまったのだ。

「ジーク様！」

セシリーは椅子を蹴っ飛ばす勢いでしゃがみ込み、ジークの容態を確かめる。どうやら気絶しているだけのようだ。

「こ、これ人呼んできたほうがいいですよね？　ね？」

店員が半泣きになっているが、泣きたいのはセシリーのほうだ。

気を失っているジークの目蓋が震える。

「ジーク……様？」

セシリーが震える声で名前を呼ぶと。

少ししてから、ジークの目が静かに開いていった。

褐色の瞳はしばらくさまよってから、セシリーに気がつくと、頭をおさえながらゆっくりと身体を起こす。

「だ、大丈夫ですか？」

思わずセシリーは手を伸ばして、そんな彼を支えた。

起き上がったジークは、細めた目で睨むようにセシリーを見ている。

もしかしてと思ったものの、今のところセシリーに愛情が生まれている様子はまったくない。

（惚れ薬、失敗だったのかしら……？）

それならば何も問題はない。得体の知れない液体を飲ませたことについては謝って、それですべてが丸く収まるだろう。

だが――ジークは、やたらとセシリーを見つめ続けている。

居心地悪い思いをしていると、急にジークの手が伸びてきて、セシリーの頬にそっと添えられた。

そんな風に異性に触れられたことのないセシリーは、びくりと肩を震わせてしまう。

「あ、あの？」

狼狽えるセシリーに向かって。

彼は確かに、こう言い放った。

「…………………かわいい」

「————はっ！」


セシリーは覚醒した。

あまりの衝撃に、一瞬、座ったまま気を失っていたのだ。

目の前にはジークが待ち受けている。セシリーは唇を震わせながら、おずおずとジークに問う。

「あの。い、今、何か言いました？」

そうだ。自分は都合の良い聞き間違いをしただけかもしれない。

そう思ったのだが、ジークは躊躇わずにその言葉を繰り返した。

「かわいいって言ったんだ」

「！！！」

「君があんまりかわいいから」

「！！！」

連打である。

2コンボで脳天を撃ち抜かれたセシリーは、しかし気を緩めない。

「き、君って、だ、だだ、誰……でしょう？」

まだだ。まだ、確信は持てない。惚れ薬の効果をきちんと確かめねばならない。

するとジークは首を捻って。

「セシリーだ。他に誰が居る？」

（へぁっ）

セシリーは目をむいて、店員のほうを振り返った。

彼にも今の言葉はしっかり聞こえていたのだろう、何度も激しい頷きが返ってくる。

だが第三者の同意があっても、疑い深いセシリーは信じ切れない。

もう一度と、一本指を立てて恐る恐る訊（たず）ねる。

「も、も、もういっかい、言ってください」

「セシリー？」

「もういっかい！」

セシリーの必死さがおかしかったのだろうか。ジークが、ふっと笑みを漏らす。

初めて目にする、褐色の瞳を愛おしげに細めた笑顔。まっすぐに見つめられて、セシリーの胸がどきりと高鳴った。

「いいよ。何回だって言おう」

ジークの大きな手が、セシリーの頬を包み込む。

そうして彼は。

我（わ）が儘（まま）な恋人に応じるように、少しだけ悪戯っぽく……引き寄せたセシリーの耳元に、掠（かす）れた囁（ささや）

きを落としたのだ。

「セシリー、かわいい」

――それは、セシリー・ランプス誕生以来、初めてのことであった。

父親以外の男性に、呼び捨てされること。

父親以外の男性に、かわいいと言われること。

ちなみに、耳元で色っぽく囁かれるのは有史以来の初体験であった。

「わ、わたしって……かわいいの？」

「かわいいよ」

「ほあ――」

全身から力が抜けそうになるセシリーを、ジークが抱き寄せる。

そんな二人を見ていた店員が、おずおずと切り出した。

「あの、お医者様を呼んだほうがいいでしょうか？」

「医者だと？　貴様、どういう了見だ？」

人を殺しそうな目つきで射抜かれた店員が縮み上がる。

「俺のセシリーが世界でいちばんかわいいという事実に、異を唱えるつもりか？」

「すすすみません決してそういうつもりでは！　ただ、お客様のご様子からして頭を打ったようなので、お医者様に罹ったほうがいいんじゃないかと思っただけで！」

ものすごく真っ当な判断である。実際のところ、ジークは頭を打って一時的におかしくなったわけではなく、惚れ薬の効果でこんなことになっているのだが……。

ジークはといえば、その回答がお気に召さなかったようだ。彼の発する剣呑な空気に、セシリーは居ても立っても居られず叫んでいた。

「ジーク様、やめてください！」

「……ジーク様？」

ジークがとたんに顔をしかめる。

何か、彼の機嫌を損なうようなことを言ってしまっただろうか？　セシリーは急に不安になってきた。

しかしジークはすぐに目元を和ませると。

「ジーク、って呼ぶ約束だろ？」

(そうだっけ⁉)

初耳である。

だがジークはそう呼ばなければ許さない、という顔をしている。

セシリーは勇気を出して、口を動かした。

「ジ、ジ……ジジーク」

「よし」

最終的に老人への呼びかけになってしまったが、それでもジークは満足そうだ。

「あの、ジジ……ジーク。もういいの。もうじゅうぶん、その、分かったから」

「かわいい」

「だから！」

「かわいい、かわいい、かわいいよ、俺だけのセシリー」

「あ、あ、あ、あうう」

「だめだな、何度言っても言い足りない。もっと言いたい。セシリーがかわいいって」

「あ、あ、あ……」

「セシリー。……俺と、付き合ってくれるか」

魔法の言葉を大切そうに唱えられれば、セシリーの身体からはたちまち力が抜けてしまう。

「つ、つ、つっ」

男の人と付き合う、だなんて。

しかも好きになった人から、告白されてしまうだなんて。

セシリーの気持ちは、どんどんふわふわしてくる。酸素が足りない脳が痺(しび)れて、表情筋もおかしくなっていく。

そうして、限界を超えた瞬間。

返事となる言葉は、呆気なく唇から放たれていた。

「つ、つきあ、付き合います」

「本当か、セシリー！」

（あ、えくぼ……）

微笑むジークの頬に、小さなくぼみができている。

何気なく手を伸ばして触れれば、ジークが頬擦りをしてくる。そんな仕草のひとつひとつが愛おしくて、堪らない気持ちになる。

ジークが、ふっと笑ったのが目に入った。

そのとき、セシリーは幸せなあまり、泣き出しそうな顔をしていたのかもしれない。

「セシリー、大丈夫か？　目は潤んで、鼻はすんすんして……かわいい唇は震えてる」

「え、ぁ、だいじょ……」

顔を覗き込んでくるジークに、狼狽えつつもセシリーは言葉を返そうとしたのだが。

ジークは獰猛にすら感じられる笑みを浮かべる。

そうしてセシリーの柔い耳朶さえ噛み千切ってしまいそうな声音で、言い放つのだ。

「ついてこれるか？　セシリー。俺の溺愛は――――〝加速〟するぞ」

その宣言に、セシリーの全身が大きく震える。

「も、もっと……すごいの？」

「ああ。こんなものじゃないな」

セシリーの全身が甘美な予感に震える。かわいいと言われるだけで心臓がドキドキして破裂しそうになるのに、ジークはこの先があるとまで言うのだ。

――そう。

どうしようもなく、セシリーは嬉しかった。

好きな人が自分だけを見ていることが、嬉しい。

ジークが自分に夢中になってくれているのが嬉しい。ジークの逞(たくま)しい腕の感触や、恋人だけに与えられる甘美な囁きが、嬉しくて仕方がない。

(どうしよう。嬉しい、幸せ、わたし、今死んじゃってもいいくらい……)

――まさか惚れ薬の効果が、ここまですさまじかったなんて。

どうりで物語に出てくる魔女が、熱心に作ってしまうわけだ。こんな幸福を知ってしまえば、二度と後戻りはできないだろう。

それはセシリーも同じだった。

そうして、せめぎ合う本能と理性の間で、右に左に翻弄され続けた結果。

「セシリー?……大丈夫かッ、セシリー!」

「ふわぁ………」

彼女は目を回して、気絶していたのだった。

第三話　大切を知っていく

A witch in love has drugged
an elite knight with a
love potion.

「――――はっ！」

セシリーは目を開けた。

見覚えのない白い天井と目が合って、ぱちぱちと瞬きをする。

セシリーが寝ているのは、天蓋つきの豪奢(ごうしゃ)なベッドのようだ。今まで経験したことのないくらいふかふかでふわふわなベッドに、自分は寝かされていたらしい。

部屋に置かれた鏡の中のセシリーは、やはり見たこともない上品な寝着を着ている。

窓から入ってくる日光の明るさを鑑みても、ジークとの夕食からずいぶんと時間が経っているのが窺(うかが)えた。

「ここは……？」

「お目覚めですか」

「ひゃっ」

セシリーは上擦った声を上げた。

知らない女性が気配なく現れたかと思えば、杯に水を入れて手渡してくれる。

「どうぞお飲みください。毒など入っていない、ただの水ですから」

「は、はぁ……ありがとうございます」

何が何やらよく分からないが、セシリーは口元で杯を傾ける。

思っていた以上に喉が渇いていたようで、冷たい水をあっという間に飲み干してしまう。

誰か、高貴な人に仕える侍女なのだろうか。二十代くらいのお仕着せ姿の女性は、そんなセシリーをじっと見つめている。

水を飲み終えたセシリーは、眼球だけを動かして自身の服を探した。

顔を隠すための外套がないと、セシリーはまともに会話もできない。より正確に言うと、外套があっても知らない人との会話は不得手である。

「あなたの衣装であれば、洗濯が終わったらお返しします」

「うひ、はいっ」

セシリーはびくびくしながら返事をした。視線ひとつで思考を見抜かれているようだ。

「あ、あの。ここは？」

怯えながら問いかけると、女性が口を開こうとする。

「ね、ねぇ」

しかしそれよりも先に。

そんな女性の後ろから、ひょっこりと小さな頭が現われた。

セシリーは思わず目を奪われる。そこから覗いていたのは——、

「目、覚めたのね。……あなた、だいじょうぶ？」

（か、かわいい！）

年齢は十三歳くらいだろうか。いや、もっと幼いかもしれない。

ウェーブがかかったピンクブロンドの髪。

ぱっちりと二重の瞳はエメラルドの色。白磁の肌に、色づく唇。

そこにはまさに作り物めいた美貌を持つ幼げな美少女が、ちょこんと立っていたのだ。

（お人形さんみたい……）

見惚れるセシリーを、少女もまたまじまじと見返してくる。

「まぁ……本当にあなた、魔女なのね」

その一言に、セシリーはとっさに目を逸らそうとした。

汚いものを見るような、老婆の目つきを思い出したからだ。この美しい少女にそんな目を向けられたら、立ち直れなくなるかもしれない。

「とってもきれいな目ね！」

「え……？」

だが少女が放ったのは、気持ち悪いとか奇妙だとか、そんな言葉ではなかった。

「い、いやじゃないんですか？　わたしは魔女なのに」

「いやって、どうして？」

訝しげに眉を寄せると、少女は当然のように言う。

「むしろ魔女って格好良いじゃない？」

（格好良い？）

セシリーは想定外の言葉に呆気に取られてしまう。

もう少し話してみたかったが、そこで少女は話題を変えてしまう。

「それにしても団長の下半身が、急にあなたを連れてきたときは驚いたわ」

（下半身……？）

何やら状況にそぐわない変な単語が聞こえた気がする。

「むさ苦しい騎士団の宿舎に嫁入り前の女子を入れるわけにはいかないからって、焦った顔で連れてきたのよ。団長の下半身があんな顔をしているの、初めて見たわ」

下半身に顔はついていないが……。

「シャルロッテ様。まずは名乗ってさしあげてはいかがでしょう」

「そうだった、忘れていたわ。わたくしの名前はシャルロッテよ」

「わ、わたしはセシリーです。寝床を貸してくださって、どうもありがとうございます」

優雅に名乗るシャルロッテに圧倒されつつ、セシリーは頭を下げる。

すると、侍女が補足した。

「この方は、第五王女シャルロッテ殿下であらせられます」

侍女の言葉に、ぴたり……とセシリーの動きが止まる。

（だ、第五王女って……）

王女とは、すなわち、王女である。

やんごとなき身分の人だろうと思ってはいたが、まさか王族の血を引く――というか王様の血を引く貴い身分の人だったとは。

「シャルロッテ様は聖空騎士団長直々のお頼みで、恋人であるあなた様を保護されたのですよ」

「そうだったんですね……重ね重ねありがとうございます」

頭を下げたところで、セシリーは何かがおかしかったことに遅れて思い至った。

（え？　恋人？）

シャルロッテはといえば、つやつやの頬を膨らませている。どうやらお礼の言葉が照れくさかったらしい。

「聖空騎士団はわたくしの翼だもの。そんなの当然よっ」

なんとも不思議な言い回しだ。

そういえば、とセシリーは思い出す。

王国の領空を守る聖空騎士団だが、彼らは幼い姫を守る任務にも就いているのだ。王国の至宝と謳われる、美しい第五王女の護衛として——。

「セシリー！」

そのときだった。

セシリーを呼ぶ声と共に、部屋の扉がバンと開け放たれていた。

短い黒髪。鋭利な刃物によく似た、褐色の瞳。

部屋へと駆けつけたのはジークだった。

「ジーク！」

セシリーがその名を呼べば、ジークが破顔する。

が、彼の歩みは途中で止まっていた。

「無礼ですよ、ジーク殿」

侍女が諌めると、ジークは顔を強張らせてその場に片膝をつく。

「大変失礼いたしました。シャルロッテ殿下もいらっしゃったのですね」

「……別に、大丈夫だけれど」

小さな返事がする。

小柄なシャルロッテは再び侍女の後ろに隠れてしまっていた。見えるのは小さな拳だけで、ジークのほうを見ようともしていない。

（あら？）

なんというか、護衛対象とその騎士、という感じではない。

明らかに怯えているシャルロッテに、ジークも慣れた様子だ。シャルロッテに――というより、侍女に話しかけるようにして言葉を紡ぐ。

「この度は殿下のご厚情にお礼申し上げます。夜間の訪問にもかかわらず、快くご対応いただきまして感謝の念に堪えません」

顔を上げないまま、ジークはそう唱える。セシリーを保護してくれた件についての礼だろう。

侍女にしがみついたシャルロッテが、小声で何かを言う。侍女は頷き、こう返した。

「ジーク殿、お気になさらず。シャルロッテ様はセシリー様をご友人として歓待されるご予定です。雪花の宮にセシリー様が滞在される件については、陛下からも許可を得ていますのでご心配なく」

「えっ」

それまで黙っていたセシリーだが、思わず声を上げてしまう。

雪花の宮というのは、このシャルロッテの住まう宮殿のことだろう。だが、ご友人とか滞在とか、そのあたりについては初めて聞いたのだ。

そんなセシリーの動揺を察したのだろう。シャルロッテは侍女の後ろから顔を出して、うるうるとした瞳で見つめてくる。

「セシリーは、いや？」

うっ、とセシリーは言葉に詰まる。

セシリーが憧れた、物語に出てくるような、健気で可憐なお姫様——それを体現したかのようなシャルロッテを前にして、拒絶できるはずもない。

それにセシリーだって、もっとシャルロッテと話してみたいという気持ちがあった。

「い、いやじゃ……ないです」

「本当？　良かった！」

シャルロッテは嬉しげに言うが、ジークの視線を感じたのか、すぐに愛らしい笑顔は引っ込んでしまう。

ジークはそんなシャルロッテに、控えめな笑みを向けている。

「ところでシャルロッテ殿下。数日ぶりですが、お元気でしたか？」

シャルロッテの小さな身体が、過敏に思えるほどびくりと跳ねる。

王女はつっけんどんとした声音で返した。

「……ふ、ふつーに元気よ」

「ふつーに元気でしたか。それは良かった」

ぎこちないやり取りをセシリーは見守る。

（あのとき、ジークが言っていたのはこういうことだったんだわ）

――『警護対象には怖がられるし、たまに警邏をしても女性や子どもには泣かれるばかりだしな』

そう話すジークは、致し方ないと言いながらもどこか寂しげだった。

それは、当たり前のことだろう。ジークは優しい人だ。優しく接しているのに冷たい態度で返されれば、心が傷つくのは当然である。

（だから、ジークはわたしを助けてくれたのかもしれない）

魔女というだけで犯人にされかけたセシリーを放っておかなかったのは、もしかすると、誤解されやすい自分とあの日のセシリーを重ねたからではないだろうか。彼は、人の痛みが分かる人だから。

（シャルロッテ様にも、伝わればいいのに）

どこか、歯痒い気持ちになる。

そんなセシリーを、ジークが軽く手招きする。きょとんとしたセシリーは、その意味に気がついて小走りで駆け寄った。

「ジーク、どうし……」

話しかける腕を、引き寄せられる。

耳元に落とされるのは、ひそやかな囁きだ。

「気が向いたら、俺に会いに来てくれるか？」

「……え？」

「ずっと待ってるから」

その微笑みの温度に、セシリーは確信する。

――惚れ薬の効果は、続いている。

真っ赤な顔をするセシリーに、ジークは笑みを見せて去って行く。

セシリーの鼓膜には、そんなジークの甘い声音がいつまでも残っていた。

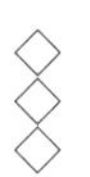

その後、侍女たちに言われるがままにセシリーは湯浴みをし、着替えをした。

広すぎる風呂も、豪華な宮殿も、まさしくおとぎ話のそれのようでセシリーは興奮していたのだが、そんな感情の昂ぶりは表に出すことなく、されるがままになっていた。

しかし、お姫様らしいドレスを持ってこられたときには遠慮した。

シャルロッテの客人――友人として招かれたとはいっても、セシリーはただの平民である。良くしてもらってありがたいが、度が過ぎる好意は受け入れがたい。

（着てみたい気持ちが、なかったわけじゃないけど）

宮殿への滞在は一時的なものだ。

贅沢に慣れすぎて、元の小屋での生活が辛くなっては困る。まだ一年ほど、あの小屋で過ごす予定なのだから。

（そういえば、ロロは元気にしてるかな？）

とにかく自由な猫である。以前は一月ほど姿を消して、ひょっこりと帰ってきたりしたし、今回も大丈夫だろうとは思うが。

「それでは、シャルロッテ様が庭園でお待ちですのでご案内します。……セシリー様？」

「あっ、はい！」

気もそぞろになっていたセシリーは慌てて返事をした。

洗濯してもらったエプロンドレスの上から、慣れ親しんだ外套を羽織ったセシリーは、シャルロッテの侍女――マリアに案内をしてもらっていた。

セシリーは脳裏に、数時間前に別れたきりのシャルロッテの容姿を思い描いた。

高価な宝石を砕いてちりばめたようなピンクブロンドの髪に、大きなエメラルドの瞳。あんなにも可憐な人間が居るのか、と驚くほど愛らしい第五王女。

シャルロッテの名は有名だ。国王や兄弟たちから度が過ぎた寵愛を一身に受け、彼女用に大きな宮殿が建てられて、そこで暮らしている。それこそ、セシリーが滞在中の雪花の宮である。

聖空騎士団という護衛の存在も、シャルロッテが愛されている証拠だ。

歴代の国王たちは、聖空騎士団を自分自身か、あるいは王太子の護り手として重宝がっていたのに、今はそれをシャルロッテにすべて与えてしまっているのだから。

最強の護衛が健在な限り、万が一にもシャルロッテが刺客に暗殺されることはないだろう。そもそも刺客すら、シャルロッテを見れば「守ってあげたい！」と庇護欲を発揮してしまう気がするが。

それくらい規格外の美少女なのだ。

だが、セシリーには気に掛かることがある。

「あの、シャルロッテ様とジークは、あまり打ち解けていないん……ですか？」

「ああ、それは……シャルロッテ様はジーク殿のみならず、男性全般が苦手なのです」

「男性全般？」

まさか、男性のせいで何かいやな目に遭ったのだろうか。

眉をひそめるセシリーに、マリアはいいえと首を振る。

「何か事件があったとか、そういうことではないのですが」

「じゃあ、いったい何が……」

「それがシャルロッテ様は幼い時分から、世に存在するすべての男は脳と下半身が直結しているクズとカスとゴミばかりだと、ご兄弟から口を酸っぱくして言い聞かせられたものですから……そのせいで男性に強い不信感を持ち、宮殿からあまり外出することもなくなり、国王陛下や兄弟の下半身はひとつも近づけたくないと言って、いっそう高嶺の花になってしまったのです」

（結果的に全員嫌われてるじゃない）

では過保護に愛されすぎたあまり、男性不信になってしまったのか。

（王女様もわたしと同じ、人見知りなのね）

ただし、男性限定で発動される人見知りといえよう。

どうりで、ジークのことを下半身呼ばわりしていたわけである。シャルロッテにとっては、男性とは即ち下半身を意味するのだ。

そう考えると、ジークに対するシャルロッテの態度は、もはや少し柔らかめだったのではないかと思えてくる。彼女なりにジークと言葉を続けようと努力している様子が見られたのだ。

「でも、聖空騎士団の団員は全員男なのでは？」

「ええ、ごもっともです」

ふぅ、とマリアは物憂げな溜め息を吐く。

「国王陛下のご判断では、中途半端な護衛に任せるより安心だからということのようです」

（ああー、なるほど）

納得の理由である。

王城では女性騎士団も立ち上げられて、今も訓練に励んでいるというが……どうしても彼女たちは腕力では男に劣る。いざというとき、対応できない事態というのも発生するだろう。

「でもお茶会のときとか、困りますよね？　男性だけでは、シャルロッテ様には付き添えないんじゃ……」

呟いたセシリーは、マリアに注視されているのに気がつき身を竦めた。

「わ、わたし、何か変なことを言いましたかっ？」

「……いいえ。ただ、先ほどからよくお気づきだと感心していたのです」

どうやら、叱られているわけではなさそうでセシリーはほっとする。

「セシリー様のおっしゃる通り、女性の護衛であれば男子禁制の場でも主に付き添えるのが大きな利点なのです。女性騎士を少数でも配属いただきたい、と要望を出してはいるのですが……今のところ、実現は難しいかもしれませんね」

（難しい？）

どうして、と問おうとした直後。

「いやあああっ！」

絹を裂くような悲鳴が聞こえ、セシリーは目を見開いた。

そのときにはマリアは走り出している。聞こえてきた声はシャルロッテのものだったのだ。

庭園を突っ切るマリアのあとを、セシリーは息を切らして追いかける。

やがて見えてきた薔薇（ばら）庭園には、椅子から落っこちそうになっているシャルロッテと、そんな彼女の前に立つ不審な男の姿があった。

「シャルロッテ様！」

「マ、マリア！　助けて、また出たわ。茂みから勢いよく下半身が出てきたの！」

「落ち着いてください、シャルロッテ様」

ひしっと抱きついてくるシャルロッテを受け止めて、マリアがその頭を撫（な）でる。

そこにひとつ、男性の嘆息する声が響いた。

「茂みから、って言い方やめてくださいよ。まるでオレが本当に不審者みたいじゃないですか」

「不審者の下半身だからそう言ってるのよ！」

シャルロッテが甲高い声で喚く。

状況が摑めないながら、セシリーはシャルロッテたちが相対するその人物を見やった。

そこに立っていたのは、肩まで流れる金髪をした男で……目が合うなり、あっとセシリーは目を見張る。

(この人は……)

青い騎士服を着た男は、整った顔立ちをしていた。

甘めの瞳。整った鼻筋。柔和な笑みを刻む唇。どこか香り立つような色気がある。

(あの日、ジークと食堂で話していた騎士だわ)

名前は、確かアルフォンス。

セシリーと目が合った彼は、ぱちぱちと瞬きをしている。

「あれ？　君は……？」

飛竜乗りというだけあり、アクセサリーの類いはつけていないようだが、それにしても全身から遊び人のような雰囲気を醸し出すアルフォンスに、セシリーは気圧されていた。

それにアルフォンスは、魔女について良い印象を持っていないようだった。どんな侮蔑の言葉を向けられるか、分かったものではない。

そしてアルフォンスが警戒した通り、実際にセシリーはジークに惚れ薬を飲ませてしまっている。

ジーク自ら呷ってしまったことは、言い訳にはならないだろう。

「は、初めまして、セシリー・ランプスです」

恐怖心から、セシリーは目を逸らしながらどうにか挨拶したのだったが、アルフォンスはぽんと軽く拍手を打った。

「ああ、君がジークの初めての恋人！」

「こいびっ……？」

セシリーはといえば、衝撃のあまり硬直している。しかしアルフォンスは照れているものと判断したのか、お構いなしに一礼してみせた。

「あ、俺はアルフォンス・ニア。聖空騎士団で副団長なんかやってるよ、よろしくね～」

「チャラッ」

「……シャルロッテ殿下、悪口はもう少し小声でお願いできます？」

そこでアルフォンスはマリアへと目を向ける。

「ところでマリアさん。今日もお美しいですね」

マリアは白い歯を光らせて微笑むアルフォンスが見えないかのように、くるりとセシリーを振り返った。

「お分かりでしょうか、セシリー様。このように女たらしの騎士が居るものですから、雪花の宮に女性騎士を配属するのは非常に困難なのです。この男のせいで数人の侍女が使い物にならなくなり、宮殿を去りましたし……」

（な、なるほど）

警護を担う女性騎士が誑（たぶら）かされては困るから、ということだろう。切実たる理由だ。

「それにしても、どうして……」

「ン？」

ぼそりとしたセシリーの呟きを聞きとがめ、アルフォンスが首を傾けてみせる。

指通りの良さそうな金髪がさらりと肩を流れるのを見やりながら、セシリーは眉間に皺を寄せていた。

（魔女のわたしがジークの傍に居るのに、どうして何も言わないの？）

あの日、セシリーは食堂での会話を盗み聞きしていた。

アルフォンスは魔女というだけで、セシリーのことを疑っているようだった。

赤目をしたセシリーの正体は一目瞭然だろうに、何も言わないのはどう考えても不自然だ。

だが盗み聞きの件が知られるわけにはいかないので、どう質問したものか悩んでいると、アルフォンスはさらりと言ってのけた。

「ああ、君、魔女だもんね」

シャルロッテがぎろりと睨みつけるが、アルフォンスは素知らぬ風に続ける。

「オレ、あんまり魔女に良い印象はなかったんだけど……ジークに怒られたんだよ。もしも彼女を魔女だという理由だけで傷つけるような真似をするなら、友であろうと叩き切るぞ、ってね」

「え……」

「あの堅物男が、あんな風に言い切る時点で本気ってことでしょ。だからオレは二人の邪魔はしないよ、安心してね」

ひらひら、と片手を振るアルフォンス。

シャルロッテがふんっと鼻を鳴らす。

「愛し合う二人の邪魔をしないなんて、当たり前でしょ。もしあなたが何かするなら、わたくしだって黙ってはいないんだからっ」

「愛し合う、だって。殿下ったらかわいいなぁ、恋も知らないお年頃のくせして」

「～～っ！　王女をからかう下半身は死刑よ、死刑！」

「あはは、怖いなぁ。それじゃ殿下、また遊びに来ますから」

「もう二度と来るんじゃないわよっ！」

真っ赤な顔で怒鳴るシャルロッテにくすくすと笑って、アルフォンスが茂みへと消えていく。

外敵を警戒する小動物のようにふぅふぅ唸（うな）っていたシャルロッテだが、セシリーが立ち尽くしたままなのを思い出したらしく、ぱっと振り返ってくる。

「そうだった、お茶会よお茶会！　ほらセシリーも座ってちょうだい」

「は、はい」

アルフォンスの乱入という事件はあったものの、お茶会の場はつつがなく整えられる。

マリアや他の侍女たちがお茶を淹（い）れ、お菓子の皿をテーブルに配置していく。

「セシリー？　疲れたの？」

「い、いいえ、大丈夫です」

そう答えるものの、セシリーの顔は疲れて見えたのだろう。

というのもセシリーは人見知りである。知らない場所で目覚めてから立て続けにいろんな人と会い、言葉を交わした。疲労困憊になるのも当たり前だ。

「このクッキーも食べてちょうだい。バターがたっぷり使ってあって、とってもおいしいんだから。これでにっくきアルフォンスの下半身は忘れるのよ」

「は、はい。ありがとうございます」

すすめられるがまま、口に含んだクッキーはセシリーが目をむくほどおいしかった。

（すっごくおいしい……）

「うふふ。気に入ってもらえたなら嬉しいわ」

どうやら顔に感想が出ていたらしい。セシリーは俯いてしまった。

「それで、あのね。セシリーに訊きたいのだけれど」

カップを受け皿に戻したシャルロッテは、睨むようにしてセシリーを見てくる。

（睨んでくる顔も美少女だわ）

普段ならば、なぜ睨まれるのだろうとびくびくしていただろう場面だが、シャルロッテの鋭い目つきには迫力がまったくなかった。おかげでセシリーの鼓動が騒ぎ出すこともない。

「セシリーは、あの下半身とお付き合いしてるのよね？」

「あの下半身って、どの下半身ですか？」

シャルロッテが恥ずかしそうに咳払いをした。

「い、言わせないで。……聖空騎士団長の下半身よっ」

ジークとセシリーが、お付き合いをしている。

セシリーにとっては、未だ夢のような出来事ではあるが――昨夜、確かにジークはセシリーに告白をしてきて、セシリーは彼の言葉を受け入れた。

二人は晴れて恋人同士になり、ジークはその事実をシャルロッテやアルフォンスにも当然のこととして話している。

(でもそれは、惚れ薬の効果でしかないのに……)

黙り込むセシリーに、シャルロッテが身を乗り出して訊いてくる。

「ねぇっ。男の人と付き合ったりして、本当に大丈夫なの？　男というのは性欲の権化で、下劣極まりない生き物だそうなのよ。あなた、危ないわよ」

彼女に偏った知識を教えた兄弟たちのせいだろうか。やたらと過激な言葉遣いではあるが、どうやらシャルロッテは知り合ったばかりのセシリーのことを心配してくれているようだ。ちょっとずれているところはあるが、優しい王女様である。

はらはらした表情でシャルロッテが続ける。

「しかもね、男の人はみな狼(おおかみ)なのですって。あなた、ぱくっと食べられちゃうわよ！」

セシリーはいいえ、と首を振る。

「……ジークは優しい人です」

知り合ったばかりのセシリーだが、それだけは確かだと胸を張って言える。

「もう、そんなの分からないじゃない！」

足をじたばたさせるシャルロッテに、セシリーは言う。

「シャルロッテ様も、魔女を差別したりしませんでしたよね」

「ええ。それがどうかしたの？」

そう返してから、あっとシャルロッテは口元を覆う。

「……そういうことね。だから団長の下半身は、わたくしのところにセシリーを連れてきたのね」

感心したように呟く彼女に、セシリーは少しだけ嬉しくなる。

ジークの優しさは、きっとシャルロッテにも伝わっている。二人の架け橋になる、というような大役が果たせるとは思えないが、少しはジークの役に立てたのかもしれない。

そんな風に思っていると、シャルロッテが肘にテーブルをつき、にっこりと微笑んだ。

まるで大輪の花が咲くような、愛らしい笑顔だ。

どきりとするセシリーに、シャルロッテがうふふと笑う。

「セシリー、にこにこしてる」

「え？」

「あなた、笑ってたほうがいいわ。そのほうがずっとかわいいもの」

セシリーは疑うように口角のあたりに触れてみて、そこが緩んでいるのを知る。

（わたし……笑ってたの？）

魔女の里で知っている顔ばかりと会っていたときは、毎日のように笑っていたと思う。

それに里を追放されてからも、ロロと二人きりのときはたまに笑えている自覚があった。

だが、知らない人に囲まれるとセシリーの表情から笑みは消える。今までずっと、フードの下から注意深く相手を観察し、身体を小さくして生活していたのだ。

「……シャルロッテ様は、魔女を格好良いって言いましたよね」

さくさくとクッキーを頬張ったシャルロッテが、「ええ」と頷く。

「それは、どうしてですか？」

「んー。今まで、あんまり深く考えたことはなかったけれど……たぶん、お父様の下半身が魔女を追い求めていたから、かしら」

シャルロッテの父の下半身とは、国王のことだ。

「お父様の下半身はね、若い頃から毛生え薬を追い求めていたの。でもどんな薬も効果がなくて、いつか本物の魔女に出会えたなら絶対に作ってもらうんだって、よく息巻いていたわ」

横でマリアが付け足す。

「国王陛下の名誉を守るために申し上げますと、陛下が追い求めていたのは頭頂部に使う用の毛生え薬です。誤解なきようお願いいたします」

そういうことか、とセシリーは頷く。

これでようやく、優しくしてもらえた理由が分かった。シャルロッテの本当の目的も。

だからこそ、嫌われてしまうだろうと思いつつも、セシリーは素直に打ち明けていた。

「シャルロッテ様、申し訳ございません。わたし、毛生え薬はまだ作れないんです」

「……え？」

「わたしは魔女としては、ぜんぜん優秀じゃなくて。だから……」

「違うわよ、セシリー」

「え？」

下げていた頭を上げれば、シャルロッテの頬が、栗鼠のように膨らんでいる。

ふんっと彼女は鼻を鳴らし、長い髪をかき上げる。

「セシリーはそんなの気にしなくていいの。お父様の下半身がどうなろうと知ったこっちゃないわ」

それは、本心からの言葉のようだった。少なくともセシリーにはそう聞こえた。

「わたくし、自慢じゃないけどひとりも友達が居ないのよ。だからお父様の下半身なんかに、セシリーのことは頼まれても教えてあげないわっ」

「シャルロッテ様……」

じんわりとセシリーの胸が熱くなる。

勝手に疑ったセシリーのことを怒ってくれてもいいのに、シャルロッテは敢えて迂遠な言い方を選んでいる。それはセシリーへの気遣いだった。

だからこそセシリーも、彼女の思いを汲んで本当のことを伝える。

「……実はわたしも、ひとりも友達が居ないんです」

「あら、おそろいじゃない」

にやりと歯を見せて、シャルロッテが笑う。

「わたくし、あなたとは良いお友達になれる気がするのよ」

初めて、目と目が合う。

そういえば出会ってから今まで、セシリーは一度もシャルロッテと目を合わせていなかったのだ。

正面から見つめると、シャルロッテのピンクブロンドの髪も、エメラルドの瞳も、ずっと輝いていて美しく見えた。それこそ、どんなに値打ちのある宝石でも歯が立たないくらいに。

「団長の下半身から、セシリーは森でひとり暮らしをしてるって聞いたわ。ここには、いつまでも居てくれていいのよ」

それに、とシャルロッテは胸を張って続ける。

「団長の下半身に言えないようなことも、わたくしには言っていいのよ。わたくし、とっても口が堅いから！」

はい、とセシリーは頷く。

そんな風に言ってもらえたのが嬉しい。嬉しいのに、打ち明けられない。

――ジークが惚れ薬を飲んでしまったのだ、なんて。

（……言えない、そんなこと）

結局セシリーは何も言えずに、拳を握り締めるだけだった。

翌日のこと。

雪花の宮を出たセシリーは、飛竜の飼育地帯へと向かっていた。

国王や兄弟の下半身から遠ざかるために建設された離宮である雪花の宮と、飛竜の飼育地帯はどちらも王城の外れにある。そのため、正門を出て石畳の路を左に突き進んでいけばいい。

一頭ずつが見上げるほど大きな体軀（たいく）を持つ飛竜を育てるには、広い草場や水場がいる。

そのため飼育地帯一帯は、自然豊かな公園のように広々としているのだが、基本的に団員以外の立ち入りは禁じられている。禁じられずとも凶暴な飛竜は恐れられているので、好き好んで近づく輩（やから）は居ないのだが。

（飛竜の厩舎（きゅうしゃ）近くまでは、通してもらえないだろうけど）

扱いが非常に難儀な生物である飛竜。

彼らにとって馴染（なじ）みがないセシリーが現れれば、驚いて暴れたり、最悪な場合は飛び去ってしまう場合もある。

飛竜一体の育成費用で王都に屋敷のひとつや二つは建つと言われている。セシリーとしても、絶対にそんな失敗を犯すわけにはいかなかった。とてもじゃないがセシリーの貯金では補塡（ほてん）できない。

やがて、いくつも並ぶ飛竜の厩舎が遠目に見えてきた。

草原には、飛竜の大きな姿はない。今は外に出ていない時間帯のようだ。

敷地は注意を促すために、申し訳程度の生け垣に囲まれている。飛竜はその名のとおり空を飛ぶので、どんな囲いがあろうと無意味なのだろう。

生け垣の近くでは、話し込む若い騎士の姿があった。青い制服は、ジークやアルフォンスと同じものだ。

「あの、セシリー・ランプスといいます。ジークに会いたいんですが……」

二人は顔を見合わせたかと思えば、一気に喜色を浮かべる。

（ひっ）

歓迎します、と顔に書いてある。そんな反応をされたことのないセシリーはびくついたが、二人はわくわくとした面持ちで言う。

「お話は伺っています！　団長の恋人であらせられるセシリー殿ですね！」

「噂（うわさ）をすればあそこに団長が！　おーい団長、セシリー殿がいらっしゃってますよ！」

ひとりは、点のように小さな人影に向かって呼びかけている。

「セシリー！」

と思っていたら、点が叫んだ。そのまま猛烈なスピードで走り込んでくる。

獣のような速度で駆けつけてきたジークは、セシリーと目が合うなり嬉しそうにした。

（やっぱり、まだ惚れ薬は切れていないみたい……）

などと、セシリーが冷静に思考できていたのはそこまでである。

「来てくれたんだな。嬉しい」

「わっ……！」

次の瞬間にはぎゅうっと、抱きしめられる。

後頭部と肩の間に、大きな手の感触。まるで本物の恋人にそうするかのような抱擁に、セシリーの息が詰まった。

物理的にも、である。控えめに背中を叩けば、ジークは焦ったように身体を離した。

「悪い、急に抱きしめたりして。驚いたか？」

「えあ。お、おどろ……ウィ」

うん、驚いた、と言ったつもりのセシリーだが、動揺が激しすぎてほとんど言葉の体を成していない。

ジークは切なげに瞳を細めて、至近距離からじぃっとセシリーを見つめる。

「だが許してくれ、セシリーへの想いが抑えきれないんだ。会えない時間も気持ちばかりが募って、胸がはち切れそうになる。俺をこらえ性のない男だと、罵ってくれてもいい」

残念ながらというべきか、セシリーにはジークの振る舞いを罵る心の余裕はまったくない。

そんな二人を驚愕の表情で見守る団員たちが、ひそやかとは言い難い音量で会話を交わしている。

「副団長も言ってたけど、やっぱりマジだったんだな。団長が年下の恋人を熱烈に溺愛してるって話は」

「でもこの目で見ても、未だに信じられないよな……鬼の団長があんな蕩けそうな顔しちゃって」

「はぁ、おれもセシリー殿みたいなかわいい彼女がほしい……」

セシリーからすれば頬を真っ赤にしてしまうような内容だったのだが、ジークはといえばギラギラとした目で彼らを睨みつけている。

「おい、セシリーに手を出したら殺すぞ」

「「ヒィッ！」」

跳び上がって敬礼をする二人。

そこに、ガッシャーン！　と、突如としてけたたましい音が響いた。

「な、なに!?」

驚いたセシリーが目を向けると、飛竜の厩舎のひとつからもうもうと土煙が上がっていた。

その中から飛び出すようにして現れたのは、二足歩行の巨体だった。

「白い――飛竜？」

飛竜は、でこぼことした身体に、立派な牙を持つ生物である。

古代に実在したというドラゴンにも似ているが、飛竜はワイバーンと呼ばれる種族の一種だ。

横面が長く、青い目はつぶらで、どこか優しげな面立ちをしている。ただしその気性はドラゴンよりも荒いとされ、扱いには細心の注意がいる。

飛竜は一般的には灰色の体軀をしている。彼らを操る聖空騎士団の制服が青いのは、青空にまぎれて移動するためだ。

しかし、こちらに向かって突進してくる飛竜の色は純白。

（きれい……）

セシリーは一瞬、その美しさに見惚(みほ)れてしまった。

緑色の芝生を走る、白い竜。なんだか、おとぎ話に出てくる伝説を目にしているかのような、そんな気持ちになって――。

「セシリーすまない！」

「ふがっ」

なんてぽやぽやしていたら、ジークがセシリーを突き飛ばした。

セシリーはつぶれたような悲鳴を上げながら、傍に居た団員の手によって受け止められる。

「お前たち、セシリーを連れて逃げろ！」

ジークがそう命じて、飛竜に向かって駆け出す。

飛竜は混乱しているようだ。あの勢いだと、一帯を覆う生け垣なんてあっさり薙ぎ倒して、王城に——否、シャルロッテの暮らす雪花の宮にまで向かってしまうかもしれない。

それをジークは、ひとりで止めようとしているのだとセシリーは気がつく。

（でもそれじゃ、ジークが危ないわ！）

飛竜は足元のジークに気がつかず、彼を踏みつぶしてしまうかもしれない。あるいは、止めようとしたジークを食いちぎって、殺してしまうかもしれないのだ。

そんな想像が脳裏をよぎった瞬間、セシリーは決めていた。

「ごめんなさい！」

「っあ！　セシリー殿⁉」

セシリーは一瞬の隙をついて団員の手を抜け出すと、ジークのあとを追うように走り出した。

ジークは気がついていない。敵意がないのを示すために、飛竜に向けて両手を広げている。

そんな彼の横をすり抜けて、迫りくる飛竜の目の前に躍り出たセシリーは——生まれて初めて、力いっぱい叫んでいた。

「止まって！」

その短い言葉を聞き取った瞬間。

飛竜の二本足が、確かに止まる。

急には停止できず、その場で何度か足踏みをして、そのままふらふらと地面に横たわる。

服従の意を示すポーズだった。ジークや団員たちが唖然と目と口を開く中、セシリーはおそれることなく近づいて、下げられた飛竜の胸元を撫でてやった。

「よーし。良い子、良い子」

『クルル………』

喉の奥で飛竜が鳴く。

「セシリー、これはいったい……」

「えっと、わたし、昔から動物に懐かれやすい体質で……」

呆然としたジークの問いかけに、ごにょごにょと説明するセシリーである。突然、大声を出したせいか喉が痛いので、咳をして喉の調子を整えた。

「いや。飛竜は、犬や猫とはまったく違うぞ」

しかしジークの言う通りである。

現存する生物の中でも、飛竜は特殊な生き物だ。世話をした人間にしか懐かず、他の人間には牙と爪を振るうだけ。

だが今、猛（たけ）っていた飛竜はずいぶんと大人しくなり、セシリーの愛撫（あいぶ）に気持ち良さそうに喉を鳴らすばかり。

「あ……」

そういえば――とセシリーは思い出す。

物語の中に現れる魔女というのは、細やかな違いはあれど、古代の魔法だったり、あらゆる生物を手なずけたりと、いろいろな不思議な力を持っていた。

（飛竜は、わたしの魔女の血に反応したのかも）

元を辿（たど）れば凶暴な魔獣だったという飛竜が人の手で飼育できるようになったのも、魔女の力のおかげだという。

そこに申し訳なさそうな、もっというと土気色（つちけいろ）の顔をした団員がやって来て、ジークの前で両膝をつく。

ジークはセシリーに背を向けて、その団員に厳しい声を放った。

「おい、シリル。なんでスノウを出した」

「す、すみません。僕の飛竜が近づいて、興奮したスノウが鉄柵を倒してしまって」

シリルと呼ばれた団員は、黒髪に眼鏡をかけた真面目そうな少年だった。

きっとセシリーと同い年くらいだろう。若々しい外見だが、今にも倒れそうなほど顔色が悪い。

眼鏡の奥の瞳には、涙がにじんでいる。

「いやぁ、ごめんごめん。オレも近くに居たんだけど、さすがにスノウは止められなかったよ」

悪びれずに近づいてきたのはアルフォンスだ。

そんな二人を見比べて、ジークは深く息を吐いた。

「……ハァッ」

セシリーの身体が強張ったのに気がついてか、飛竜――スノウが片目を開ける。また暴走させてはいけないので、セシリーは軽く微笑み、スノウをさらに撫でてやった。

ジークは、厳しい処分を下すのだろうか。

シリルという少年には、悪気はなかったはずだ。だがそんなことはセシリーが口出しするでもなく、ジークは理解しているだろう。

固唾を呑んでいると、ジークががしがしと頭をかいた。

「また修理しないとな。こいつ、どんな柵でも越えやがって。俺の言うことを聞きやしない」

セシリーは一瞬、ぽかんとしてしまう。

だが後ろのアルフォンスは楽しそうに噴き出していた。

「ほんっと、ジークは甘いよね。これ、ふつうに考えたら処罰ものだよ？」

「……反省文は書かせる。一月分は給与も三割減だぞ。分かってるな、シリル？」

「は、はい！　二度とこんな失敗はしません！」

ジークに手を借りて、シリルが立ち上がる。

セシリーは詰めていた息をゆっくりと吐き出した。

『クルゥ……』

手を止めているセシリーに、飛竜が不満げに鳴く。

「あっ、ごめんね。もっと撫でてあげるから」

この飛竜はどうやらジークの相棒のようだ。そして名前も判明した。

「雪のように白いから、スノウっていうのね。かわいい名前」

セシリーがそう呼びかけたときである。

スノウは何かの合図を受けたように、おもむろに身を起こした。

「スノウ、どうしたの？」

しばし見つめ合うセシリーとスノウ。

『…………』

そして。

微笑むセシリーを、スノウがぱくりと口に咥（くわ）えた。

（あっ……………わたし、死んだかも）

と、まず初めにセシリーは思ったという。


傍に立っていた聖空騎士団員たちは、一様にぽかんとしていた。

スノウがセシリーを咥えている。最初はスカートから伸びる細い両足が口の間からはみだしていたのだが、首を上げたスノウがおもむろに口を開け直せば、その両足も見えなくなった。

『クルルッ』

上機嫌そうに鳴くスノウ。その口の間から、エプロンドレスの端っこが覗いている。

「……セシリーちゃん、丸呑みされたね」

アルフォンスは唖然としながら呟いた。

未だかつて、ここまで残酷に飛竜によって殺された例はない。

「可哀想に――ってイダッ」

「セシリーは死んでない」

アルフォンスの頭を軽く小突いたのはジークだ。

「呑み込んだなら喉が動くだろう。だがそうじゃない。スノウは口の中の空間にセシリーを仕舞ったんだ。……飛竜は生まれたばかりの子どもを、そうして運ぶ習性がある」

「ええ？　じゃあスノウは、セシリーちゃんを我が子だと思って？」

それ以上、呑気に話している時間はなかった。

スノウは背にある翼を広げて大きく動かしている。

突風のような風が巻き起こり、目も開けていられないほどの土煙が発生する。

「待て！　スノウ！」

スノウは飛び立つ準備をしているのだ。こうなれば、ジークの叫ぶ声にも無頓着である。

ジークは舌打ちすると、勢いをつけてスノウの背に飛び乗った。

飛竜用の鞍も括りつけられていない。手綱もない。ゴツゴツとした岩肌のような硬い皮膚の上に直接跨がり、下のアルフォンスに呼びかけた。

「アル、ロープだ！」

「そんな猟奇的なアイテム、オレは持ってないよ。小道具に頼る男は三流だ」

わけの分からないことを言いつつ、懐から取り出したロープを投げるアルフォンス。

ジークは器用にロープを使い、自身の片足をスノウの胴体にくくりつける。あまりの状況にシリルは悲鳴を上げ、風圧によって彼の眼鏡が割れた。

「団長、危険です！　ほら眼鏡も割れました！」

割れたレンズが肌に刺さるのにも構わず、叫ぶシリル。

だがジークは、そんな提言には耳を貸さない。彼にとって誰よりも愛おしい少女が飛竜の口内に居るのだ。

「ここで引くなら、男じゃないだろ！」

『グルッ……』

大きく喉を反らしたかと思えば。

スノウは片足でダン！　と地面を突き飛ばすように叩き、一気に真上に飛び上がっていた。

ぐっ、と歯を食いしばって上昇気流に耐えるジーク。


一方、その頃のセシリーである。

（ふりゅうっ⁉）

スノウの口の間から勢いよく襲いかかってくる風にやられ、セシリーの口の中身はすっかり乾燥しきっていた。

しばらくそのまま真上に向かって飛んでいたスノウだが、雲の上までやって来ると落ち着いたのか、身体の動きを風に沿わせてのんびりと飛翔(ひしょう)する。

翼が羽ばたくたびに、その音にセシリーは震えた。何がなんだか分からないのが余計に怖い。

小刻みに震えるセシリーに、もどかしげにジークが叫ぶ。

「セシリー、無事か⁉」

「へ……はい……？」

セシリーは力を振り絞って、なんとか返事をする。

（あれ？　ジークも、一緒に死んだの？）

だが冷静さとはほど遠かった。

「ジーク。わたし、死ん……？」

セシリーが混乱の最中に居ると気がついたのだろう。

頭上から、ジークが努めて落ち着き払った声で言う。

「さながら、そうだな。これは……あれだ。空でデートしてるようなものだな」

「デート？」

それを聞いたとたん、セシリーは目を見開いていた。

（お空で、デート！）

よくよく眺めてみれば、スノウの口の間から覗くのは青い空と白い雲だ。

自分の身体と同じ高さで流れる雲を見るのは、初めてのことだったが……その特別さが、セシリーの胸に響く。

夢にまで見た、憧れのデート。好きな人と二人きりで過ごす時間。

「世界広しといえども、飛竜の背と口でデートをするカップルは、俺たちが人類初だろうな」

「！」

畳みかけるようにジークが言い募れば、セシリーは完全に恐怖を忘れ去っていた。

「ジ、ジーク」

「うん？」

「わたし、デ、デートするの……初めて」

ジークが、軽やかに笑った気配がした。

「俺もだ」

元気を取り戻したセシリーは、スノウの長い舌に身を委ねた。

生ぬるくて、べとべとしていて、ちょっぴりくさいような気もするし、ときどき髪の隙間からどろどろとした粘液が額を伝って流れ落ちてくるが、そんな些細なことは気にならなくなる。

「だけど、妬けるな」

「え？」

「俺の舌さえ、まだセシリーを味わってないっていうのに」

（なっ、なんなのこの人！）

いくら惚れ薬が効いているからといって、とんでもなく破廉恥な発言だ。

じたばたと手足を振ってセシリーが身悶(みもだ)えたため、スノウが苦しげに『グエッ』と鳴いた。


ジークはロープを器用に使い、そんなスノウに指示を出す。

一時はどうなることかと思ったが、そろそろスノウもセシリーも落ち着いてきたようなので、地上に降りようと思っていたのだ。

そうとは気がつかないセシリーが話しかける。

「ねぇジーク。スノウは男の子なの？」

（さっきまで、あんなに怯えてたくせに……）

そんじょそこらの令嬢であれば、飛竜に咥えられた時点でとっくに気絶しているだろう。

それなのにセシリーはこの環境に慣れてしまったようだ。そんな彼女の言動に癒やされる自分が居る。

ふ、とジークは口元を緩める。

「ったく。……おもしれー女」

「やっぱり、スノウはメスなのね」

すれ違う二人と一頭のお空デートは、それからしばらく続いたのだった。

数時間後のこと。

聖空騎士団の宿舎――その執務室では、書類を片づけるジークと、それをえっちらおっちらと手伝うアルフォンスの姿があった。

「生け垣の修繕費、けっこうかかるな……」

業者の見積もり書類と睨めっこするジークは渋面である。

「業者を呼ばないで、俺たちだけで直したほうがマシか」

聖空騎士団には国庫からそれなりの資金が提供されているものの、飛竜の育成にはとにかく費用がかさむ。なるべく無駄な出費は抑えたいところだった。

「げっ。また面倒なこと言い出したね」

「どうせお前、ろくに手伝わないだろ」

「まぁそうだけどね」

アルフォンスはしょっちゅう訓練もさぼっている。そんな彼が生け垣の修繕で戦力になるとは、ジークも思ってはいない。

しかしそんな不真面目な副団長だというのに、アルフォンスは団員たちから慕われている。年上の団員が多ければ色男のアルフォンスはやっかまれそうなのだが、聖空騎士団の場合は年下が多いからか、なぜか憧れを抱く団員がちらほら居るのだ。

「それにしても、セシリーちゃんの話だけどさ」

椅子に逆側からだらしなく座り込むアルフォンスの脳裏には、ひとりの少女の姿が描かれている。

柔らかそうな亜麻色の髪。内気そうに揺れる赤い瞳。魔女の証とされる瞳は、どこか危うい美しさを秘めていた。

そんなセシリーは、数々の馨しい花を嗅いできたアルフォンスの目から見ても。

「あの子、けっこうかわい」

言いかけるアルフォンスの耳元を妙な音が駆け抜けた。

よく手入れされた髪の数本が、ぱらぱらと床に散らばっていく。

何事かと思ってぎこちなく振り向くと、背後の壁に深々と短剣が突き刺さっている。

それを素早く、正確に投擲した当人であるジークが、こちらを見もせずに低い声で呟く。

「殺すぞ」

「いやわりと当てる気だったよね⁉」

「当てても良かったんだが」

(怖！)

何が怖いって、冗談の口調ではないのがいちばん怖い。

「セシリーちゃん、熱は下がったのかな。心配だよねぇ」

初夏といえども、空の上でのデートはセシリーの身体を冷やしてしまった。

地上に戻ってくるなりジークが確かめると、セシリーの意識はなく、その額は熱くなっていた。

あのときのジークの焦燥ぶりを、アルフォンスは忘れることができないだろう。

ジーク・シュタインはいついかなるときも、冷酷と取られるほど冷静な男だ。そんな彼の焦った顔を見たのは、初めてのことだったたから。

「ああ、そうだな」

ジークが平坦（へいたん）な口調で頷く。

おや、意外と落ち着いてきたのかとアルフォンスはジークを見やった。

その手の中で、バキッと無残な音を立ててペンが砕け散った。

「……おっと。柔らかいペンだ」

（まったく冷静じゃないな）

やはりセシリーのことが心配で、気が気でないようだ。

コンコン、とドアがノックされる。

ジークの誰何（すいか）の声に、ドアの外から返事があった。

「シリルです。反省文が書けましたので持参しました」

許可を出すと、右手右足を同時に出しつつカチコチのシリルが入室してくる。

頬にガーゼを貼っているが、そうひどい怪我ではないようだ。

「見せてみろ」

「は、はい」

団員の中でもとびきり気弱な少年が、緊張した面持ちでジークに反省文を手渡す。

しばらく経ったところで、ジークが洟（はな）を啜（すす）る音がした。

何事かとアルフォンスが見やれば、彼は目頭をおさえて空を仰いでいる。

「…………相変わらず素晴らしい反省文だな。感動した」

「ありがとうございます、団長！」

「反省文で感動することってあるの⁉」

しかもこの様子だと毎回感動しているようだ。そんなに反省文を提出するほうもどうかと思うアルフォンスだが、提出回数自体はシリルよりも多い。

「僕、副業で作家をしていて……よく団長に作品を読んでもらっているんです」

「は？　作家？　じゃあなんで聖空騎士団に入ったんだよ」

「良いネタになるかと思ったんで。給料も高いですし」

その動機で厳しい騎士団に入団しようと思うあたり、根性がすごい。

「ご苦労だったな。そうだ、眼鏡は大丈夫か？」

「はい。予備が十本ありますから、平気です」

（多いよ）

今かけている眼鏡も、予備のひとつらしい。

「怪我の調子はどうだ？」

「それも平気です」

「そっちを最初に聞いてあげなよ」

シリルは嬉しそうにしているが、会話を聞いていたアルフォンスは呆（あき）れていた。

ふむふむ頷いていたジークが、すっくと立ち上がる。

「では、俺は急用があるので少し出てくる」

(急用って……)

いつも無表情で何を考えているか分からない、なんて言われていたジークはどこに行ってしまったのか。

ひとりの少女を案ずる男の行き先は、ひとつしかない。

(どこに向かったのか、バレバレすぎるでしょ)

アルフォンスは執務室を飛び出していく背中を、子どもを見守るような気持ちで見送った。

目を開けると、だいぶ見慣れてきた白い天井が目に入った。

何度か瞬きをする。起き上がろうとして、セシリーはずっしりと肩が重苦しいのに気がついた。

「あれ……?」

物音で気がついたのか、レースのカーテンが開かれる。

そこから顔を見せたのはマリアだった。

「セシリー様。熱があるので、起き上がってはだめですよ」

「熱……?」

言われてみれば、身体が熱っぽいような気がする。

マリアがセシリーの額に手を伸ばす。何かと思えば、水に濡れた手拭いを新しいものに交換しているのだった。

「初夏といえども、空の上は冷えるのです。飛竜の口の中に入ってデートなどしていれば、体調をくずして当然ですよ」

「そういえばわたし、スノウの口に咥えられたような……？」

熱があるせいか意識がぼんやりとしていて、まだよく思い出せない。

うんうん唸るセシリーの髪や首元を、マリアは控えめに嗅いでいる。

「だいぶ臭いは取れてきましたね。良かったです」

という呟きは、唸り続ける乙女には幸運なことに聞こえなかったようである。

数時間前、地上に戻ってきたセシリーは気を失っていた。飛竜の唾液でぐちゃぐちゃのセシリーを、ジークは雪花の宮までお姫様抱っこをして運んできたのだ。

すさまじい獣臭がついたセシリーだったが、ぐったりとした彼女を風呂に入れるのは憚られた。

マリアたちはなるべく時間をかけずにセシリーの身体を拭い、首の後ろや脇の下を温めてやりながら丹念に臭いを取り除いたのである。

「さぁ、唸ってないでもう一眠りしてください。セシリー様は疲れてらっしゃいますから」

「じゃあ、お水……」

「はいはい」

心細いのだろう、無自覚に甘えるセシリーにマリアは応じる。

セシリーの肩を支えて起こしてやると、カップを傾けて白湯(さゆ)を飲ませてやる。

「シャルロッテ様も、もちろん私どもも心配しておりますので養生なさってください」

「……はい……」

「ではまた、様子を見に来ますからね」

セシリーの肩まで毛布をかけると、マリアは退室していく。

遠ざかっていく背中を見送って、セシリーはゆっくりと目を閉じる。

「うー……」

頭が重くて、意識がもうろうとしている。すぐに意識は夢の世界へと旅立った。

寂しさが募ったせいだろうか。久しぶりに、両親と暮らす家での夢を見た。

父と母が楽しげに会話している。新婚夫婦のようだと近所でも有名な二人は、夢の中でも好き勝手にイチャついていて、直視するのも憚られるほどだ。

二人はずっと笑顔だった。セシリーはそんな二人を見つめて、気恥ずかしいような、羨ましいような、なんともいえない気持ちになる。

セシリーは、震える声で問いかける。

（ママ。わたし、間違ってたの？）

それは真実を知るより昔の、幼い頃のセシリーの声音だった。

（やっぱりママが正しくて、惚れ薬によって手に入れた愛だって……本当の愛なの？）

グレタは、何も言ってくれない。父を抱擁しながらもセシリーのほうを見て、愛おしげに微笑むだけだ。

――物語に出てくる魔女たちは、どんな風に感じていたのだろう。

お姫様を愛する王子様の心を、惚れ薬によって歪めて手に入れたとき、どんな気持ちになっていたのだろう。

幸せだっただろうか。満たされていたのだろうか。

それとも、罪悪感に押しつぶされそうな夜もあったのだろうか。

(わたしは、どうだろう。好きな人の心を手に入れてしまった、わたしは……)

胸が苦しくて、セシリーは呻く。

熱の海の間を泳ぐように、目を開けてみる。

月明かりの射す部屋に、誰かのシルエットがあった。

見るとはなしに、その人の骨張った手の動きを見ていた。水に浸した手拭いを、きゅっと絞る手つき。生ぬるくなった手拭いを取り替えてくれる、その手は……。

「ジーク……?」

決して、マリアのものではない。

呼んでみれば動きが止まる。小さく息を漏らしたジークが、困ったように微笑んでセシリーを見下ろしている。

(これは、夢?)

夢ならば、永遠に覚めてほしくない。

セシリーは布団の中から手を出して、ジークに向かって伸ばした。

「行か、ないで」

うまく発音できたかは分からないけれど、ジークは無言のままセシリーの手を取った。

絡める形で握られて、安堵する。これならばきっと、ずっと離れずに一緒に居られる。

セシリーのものよりずっと大きな手だ。指が長く、皮膚が分厚い。鍛え上げられた武人の手だった。

(夢なら、訊いてもいいのかな)

怖くて口にできないようなことも、夢の中であれば。

「ジークは、どうしてそんなに優しいの?」

果たして、答えがあった。

「誰にでも優しいわけじゃない。セシリーには特別、優しくしたいだけだ」

それはセシリーのほしい答えだった。

「好きだから、優しくしたい。ドロドロに甘やかしたくなる」

囁くジークにはどきりとするような色気がある。

くすりと、小馬鹿にしたようにセシリーは笑った。何も知らずにそんなことを言ってのけるジークがおかしくて、可哀想だった。

「……わたしがどれだけ悪い女か、知らないくせに」

「悪い女? セシリーが?」

「そうよ。わたし、悪いやつなの」

引き寄せた手に、ちゅっと音を立てて口づける。

「……っセシリー」

ジークの気配が身動ぐ。くすくすとセシリーは笑った。

「ぜんぶ知ったら、ジークはわたしを絶対に怒るのよ」

セシリーの意思で、惚れ薬を飲ませたわけではない。

だがあの場に惚れ薬を持っていったのはセシリーなのだ。いざとなったら、つまらない言い訳は通用しないだろう。

「セシリーのやることを、怒ったりしない」

そんな風に言い切るジークを、セシリーは熱っぽく潤んだ瞳で見上げる。

「それに、こんなかわいい悪戯なら大歓迎だ」

あやすように、額にそっと口づけられる。

優しい口づけが愛おしい。セシリーは笑ったつもりだったが、ジークは心配そうに眉尻を下げた。

「セシリー、泣いてるのか?」

次は唇が、セシリーの濡れた目元に口づける。

鼻腔が、香水の香りを嗅ぎ取った。森林のにおい。いつもジークがまとっている、清涼なにおいだった。

いつの間にか彼の香りを見知ってしまっていた。その事実に、心が震える。

「……ううん。目に睫毛が入っちゃっただけ」

「唇で取ってやろうか」

「……もう」

惚れ薬というのは、羞恥心をもあっさりと奪ってしまうのだろうか。

真っ赤っかになるセシリーの頭を、ジークが撫でる。その手つきすら、泣きたいくらいに優しかった。

(好き)

心の底からセシリーは思う。彼が愛おしいと。

(わたしはジークが、大好き)

その言葉を、心の中で叫び続ける。

本当は、声を大にして言いたい。

でも形にしてしまえば、後戻りできなくなる気がする。

だって、ジークは違う。

惚れ薬が効いて、セシリーのことを愛していると錯覚しているだけだ。それを知りながら気持ちを伝えることなんて、セシリーにはできない。

——幼い頃の自分が、今の自分を見たなら何を思うだろう。

大嫌いだったはずのまやかしの恋に溺れるセシリーを、魔女らしく人の心を操るセシリーを、軽蔑するだろうか。

だが誰に糾弾されたとしても、もう後戻りはできない。
（わたしは、悪い魔女だから）
あと少しの間だけ。
魔法が解ける時間までは、この人の傍に居たかった。

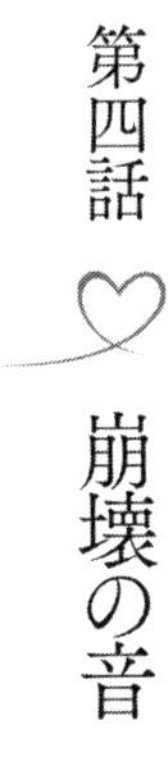

第四話 崩壊の音

A witch in love has drugged
an elite knight with a
love potion.

セシリーの毎日は、蕾（つぼみ）が花開くように彩られていった。

シャルロッテと過ごしながら、たまに護衛を伴って散歩をする。

飛竜の飼育地帯までは近づこうとしないものの、シャルロッテがセシリーをきっかけにぽつぽつとジークと話をする姿も見られた。

どこからかセシリーの行方を嗅ぎつけたのか、ロロまでやって来て、飛竜と一緒に日向ぼっこしている姿を見かけるようになった。要領の良いロロは、王城の敷地内でもかわいがられているようだ。

——惚（ほ）れ薬の効果が切れれば、ジークとの関係は終わる。

シャルロッテやアルフォンス、団員たちと築いた関係性だって、最悪の形で終焉（しゅうえん）を迎えることとなるだろう。

それに、いつまでも宮殿に居座ることはできない。いずれセシリーは魔女の里に帰るため、この地を旅立つのだから。

そんなことは分かりきっていたが、心のどこかで、セシリーは今の生活がいつまでも続くような気がしていた。

◇◇◇

雪花の宮に滞在して、十日目の昼。

宮殿を出たセシリーは、バスケットを手にして飛竜の飼育地帯に向かっていた。

いつからか、顔を隠す外套をセシリーは身につけなくなった。目の色を変える目薬を使うこともなく、ありのままの姿でてくてくと歩いている。

雪花の宮や聖空騎士団の誰も、セシリーの赤い目を怖がったりはしないからだ。

「ジーク、喜んでくれるかしら……」

ぶら下げるバスケットの中身は、セシリーが手ずから調理した軽食である。雪花の宮の厨房を借りて、早朝から準備に励んでいたのだ。

(ジークの好みが分からないから、とりあえずいろんな種類を詰め込んでみたけど)

準備に抜かりはないが、それでも好きな人の反応が気になってそわそわしてしまう。

歩いているうちに飼育地帯が見えてくる。セシリーがきょろきょろしていると、遠目に発見していたのか。ふいにジークが生け垣をぴょんと跳び越えて現れた。

婚約者との突然の邂逅に、セシリーの胸がにわかに騒ぎ出す。

「セシリー!」

「ジーク!」

ほとんど人目がないのをいいことに、ジークはセシリーを思いきり抱きしめてくる。

恥ずかしがり屋のセシリーは顔を真っ赤にする。抱き返すことこそできないものの、振り払ったりはしない。

(このまま、時間が止まっちゃえばいいのに)

なんて思いながら、ちょびっと頬をすり寄せるだけだ。

しかしジークは加速する男である。

愛おしげにセシリーの額や頬に触れつつも、はっとしてその腕にあるバスケットをつかみ取った。

「大きなバスケットだな。セシリーの細腕には重いだろう、俺が持つ」

軽々と片手で持ってみせるジークに、セシリーの胸は高鳴る。

「ジーク。きょ、今日はね。一緒にお昼ご飯を食べたいなと思って……」

「食べよう」

「いいの?」

「今は飛竜たちも厩舎で食事中だから、入ってくれて大丈夫だ」

難しければバスケットだけ渡して帰るつもりだったが、問題はないようだ。

するとセシリーの来訪に気がついたアルフォンスが寄ってきた。

「あ! セシリーちゃん!」

「アルフォンス様、こんにちは」

他にも顔見知りの団員たちが続々と集う。

聖空騎士団の団員は全員が年若く、最も年上の者でも二十五歳である。

団長と副団長を務めるのが二十歳のジークと十九歳のアルフォンスの時点で明らかなように、飛竜に乗って長距離を移動したり、魔獣と戦闘するには、身体を鍛えた若者でないと耐えられないのだろう。

彼らと挨拶を交わしがてら、セシリーは笑みを向けた。

「今日はお昼ご飯を作ってきたんです。皆さんの分もあるので、ぜひ召し上がってください」

「え？　いいの？」

嬉しそうにするアルフォンスたち。

聖空騎士団の宿舎では朝夜のみ食事が出るため、昼時は少し離れた王城内の食堂を利用することが多いのだという。そのこともあってか、セシリーの差し入れはかなり喜ばれているようだ。

ジークはといえば対照的に、少し暗い顔をしている。

「そうか……二人きりで食べたかったな。だがセシリーが望むなら」

「ジーク……ごめんね。ジークに喜んでほしくて張り切りすぎちゃって、山のような料理ができちゃったの」

しゅんとセシリーは項垂れた。

シャルロッテやマリアにもお裾分けしてきて、ギブアップするまで食べてもらったのだが、それでも大量に余ってしまった。ジークの部下である団員たちにも食べてもらう他ないのだ。

「謝らないでくれ。こんなの、俺のつまらない嫉妬に過ぎないんだから」

「でも嫉妬してくれて、わたしは嬉しいわ」

「セシリー」

「ジーク……」

甘く見つめ合う二人。

この空気に耐えかねたのか、アルフォンスがごほんごほんと咳払いをする。

「ほ、ほら。せっかくだし早く食べようよ」

我が意を得たりとばかりに、団員たちがそそくさと芝生の上に敷布を敷いていく。

昼食の場が素早く整えられ、二十人ほどの騎士団員がそれぞれ座っていく。

セシリーも空いているところに座ろうとしたのだが、ジークに呼ばれる。

「セシリー、ここが空いてるぞ」

「え？　どこ？」

ジークが指し示すのは、彼が大きく開いた足の間だ。

彼の顔とその空間とを見比べて、セシリーは頬を上気させた。

「そ、それはさすがに……っ」

「遠慮するな。俺たちは恋人同士なんだから」

「で、でも……みんな見てるし」

「どこがだ？　誰もこっちを見てないぞ？」

そう言われて見回してみると、確かにアルフォンスやシリルたちは口を真一文字に引き結び、なぜか揃って飛竜の厩舎を眺めている。こちらの会話も聞こえていないようだ。

（じゃ、じゃあ、いいの……？）

誰にも見られていないなら。

そう思えば、セシリーは大胆になれた。

「そ、それなら失礼しま……わっ」

これ以上は待てないというように、セシリーの手はジークによって引かれる。

ぽすりとお尻が敷布に当たり、背中には、ジークの鍛え上げられた肉体を感じる。

細い腰には大きな手が回される。振り返ればすぐ近くに整った顔があり、ジークは目が合うと満足そうに微笑んだ。

「うん、これでいい」

（こ、これ、密着しすぎなんじゃ……っ⁉）

子どもの頃、父の身体にこんな風に寄りかかったことはあるものの、この年齢になって男の人と身体をくっつけ合ったことはない。

セシリーがカチコチになって、緊張しているのが分かったのだろうか。ジークは彼女の身体を解きほぐすように、耳元に息を吹き込んだ。

「小さくて、かわいくて、抱きつぶしてしまいそうで困るな」

「もうっ、ジークってば……！」

くすぐったくて、セシリーは声を上げて笑ってしまう。

——と、無邪気に戯れる恋人たちのやり取りを数分間も見せつけられた騎士団の面々は、それこそ全員が砂糖を吐き出しそうな顔色をしていた。

シリルだけは新作のネタにしようと熱心にメモを取っている。ぼそりと誰かが呟（つぶや）いた。

「まったく、団長の独占欲には畏れ入るよな……」

「何か言ったか？」

「い、いいえ何も！」

「ああ、オレ、お腹減っちゃったなぁ！　早くセシリーちゃんの料理が食べたいなぁ！」

アルフォンスが叫べば、セシリーは手を打つ。

「そうですね。そろそろ食べましょう！」

ジークに後ろから抱かれたまま、バスケットの中身をセシリーが取り出してみせると、凍りついたように静かだった団員たちから歓声が上がった。

「うわぁ、うまそう！」

期待通りの反応に、セシリーは控えめに胸を張る。

胡瓜（きゅうり）やハム、卵やジャムを挟んだサンドイッチに、鶏の揚げ物、ハーブを入れたスープ。水筒に入れてきた薬草茶は味つけに蜂蜜を入れてあるので、苦くはなくほんのりと甘い。

ナプキンに包んでいた取り皿やフォーク、人数分のカップを回し終えたところで、二人以外の誰もが待ち焦がれた昼食の時間が始まった。

「わっ、おいしい。料理上手だね、セシリーちゃん」

「本当にうまいな。毎日食べたいくらいだ」

「……えへへ、ありがとう」

アルフォンスはともかく、ジークの褒め言葉にきゅんきゅんが止まらないセシリーだ。

（ジークは褒め上手だわ）

頬を赤らめつつ、セシリーはフォークで揚げ物をぷすりと刺す。

そうしてそれを、ぷるぷるしながらジークの顔の高さに掲げた。

「ジーク、はい。あ、あ、あーん……して」

団員たちが顔を見合わせる。そこまで恥ずかしいなら無理にやらんでもいいのに、と呆れつつ、彼らが真に気にしたのはジークの対応である。

セシリーとは確かに仲睦まじくはある。後ろから抱きしめて食事したりもしている。だが、「あーん」はさすがにな、難しいかもな、と彼らは目顔で会話し合う。

――もしセシリーが泣くような事態になったら、なんとかして止めなくては！

そうして、全員が身構える緊張状態の中。

「あーん」

「「「！！！？？？」」」

団員たちの予想に反して、ジークは大きく口を開いてみせた。

傾いた彼の口の中に、セシリーが程よく焦げた揚げ物を放り込む。

「……どう？　おいしい？」

「ん。百倍おいしいな」

しかも朗らかな笑顔で頷いている！

しかもしかも、さすがに恥ずかしかったのか、ほんのりと目元が赤らんでいる⁉

「良かったぁ……！」

ジークの素直な反応がよっぽど嬉しかったのだろう、セシリーは満面の笑みを浮かべている。

見守る団員たちも思わずどきりとしてしまうくらい、愛らしい笑顔だ。するとジークは強引に、セシリーの細い肩を抱き寄せ、その柔らかそうな髪に顔を埋めた。

「セシリーごと、食べたくなる」

「「――！！！！！」」

その声は囁き声ではあったが、この距離なので、しっかりと団員たちの耳に届いていた。

（聞いたか今の⁉）

（セシリーごと▽×◯▲◎×△⁉）

（聞き間違いだろ！　団長があんな甘ったるいこと言うわけな……いや言うか最近の団長は！）

とんでもない発言を囁かれたセシリーはといえば、その頬は茹で上がったように真っ赤になっていた。

恥じらうセシリーの額に、ジークは咎めるようにキスを落とす。

「そうやってすぐ、かわいい顔をするな。他の誰にも見せたくないんだから」

「ひ、ひぇ」

「怒ってるわけじゃないぞ？」

がくがくがく！　と激しく震えるセシリー。

「「ひ、ひえぇ」」

がくがくがく！　と団員たちも恐怖と混乱のあまり震えている。

「ちょっと二人とも。仲が良いのはけっこうだけど、オレたちも居るんだからね」

（副団長ううう！！！）

その場に居る全員の心情がひとつに重なる。

副団長ありがとう、言いにくいこと、言ってくれてありがとう――。

ジークとセシリーも、我に返ったらしい。咳払いを挟んで、再び昼食を再開することになった。

いろいろと事件は起きつつも、和気藹々（わきあいあい）とした和やかな雰囲気で昼食が進む。

「ジーク、薬草茶も飲む？」

「飲む」

即答したジークが、木のカップをセシリーの手から受け取る。お茶の温度は少し温めだ。

「ジークは疲れてるだろうから、リラックス効果のある薬草を入れてみたんだけど」

「へぇ、ありがとう」

さて、彼は気に入ってくれるだろうかと見守っていると。

口にしたジークの目蓋（まぶた）が、重そうに下がりかけている。

あれ？　とセシリーが首を傾げたときだ。

「少し、眠……」

こてん、と傾いたジークの頭が、後ろからセシリーの左肩へと落ちてきた。

（………寝ちゃった）

ほぼ気絶レベルである。まさかこんな速度で寝てしまうとは、よっぽど疲れていたのだろうか。

「アルフォンス様。ジークを動かすの、手伝ってもらってもいいですか？」

「うん、分かった」

セシリーひとりではとても動かせない。

アルフォンスの手を借りて、まずジークの上半身を支えてもらうと、彼の足の間から抜け出したセシリーはジークの隣へと移動した。

ジークのずっしりとした上半身を動かしてもらい、セシリーの太ももにおさまるように導く。

膝枕で小さな寝息をこぼすジークは、完全に眠ってしまったようだ。

「アルフォンス様、手を貸してくださってありがとうございます」

「ううん。でも……すごいね。ジークが人前で寝ることなんてまずないのに、安心しきった顔で寝てる」

「そ、そうなんですね」

アルフォンスがもたらした情報に、セシリーの胸はまた高鳴ってしまう。

「オレたち、いよいよお邪魔だね。セシリーちゃん、ジークは午後からシャルロッテ殿下の護衛任務に入ってるから、起きなかったら起こしちゃっていいからね」

「は、はい」

「じゃ、ごゆっくり～」

アルフォンスが笑顔で手を振り、他の団員たちも気を遣ってそそくさと去って行く。

草原にはぽつんと、ジークとセシリーだけが残された。

セシリーはじぃっと、ジークを見つめてみる。

すぅすぅ、と規則的な寝息を立てるジーク。

眉間の皺も消えて、子どもみたいに幼い寝顔がかわいいと思った。

セシリーはきょろきょろと周囲を見回して、髪を耳にかけると、眠るジークにそっと囁いた。

「…………好き」

ジークが起きていないのを確認して、ほっとする。

聞こえていないなら、いくらだって、彼が好きだと伝えられた。

シャルロッテは毎日のように、自身が住む宮殿の庭を散策している。

彼女の護衛任務に駆り出される聖空騎士団員は、日によって違いもあるが基本的には五名から十名である。

その日の午後は、ジークやシリルが護衛としての任に就いていた。

残りの団員は飛竜の飛行訓練に臨んでいる。ジークが居ないときはアルフォンスが指揮を担当している。サボり癖のある男だが、実力については指折りだ。

ジーク、シリルはなるべくシャルロッテの近く――といっても、男性下半身アレルギーの彼女が許せる程度の距離を取って控えている。他の団員に至ってはもっと大幅に離れていた。

護衛として適切な距離とはまったく言えないのだが、護衛対象に怯えられては元も子もないので苦肉の策であった。

侍女に日傘を傾けられたシャルロッテは、楽しそうに指をまっすぐ伸ばしている。

その白魚の指先をよく見ると、白い蝶々が止まっていて、はたはたと羽根を揺らめかせていた。

「この蝶はメスよ。かわいいわね」

シャルロッテは人のみならず虫の雌雄も判別がつくようだ。

ジークは微笑むシャルロッテの横顔を見て、周りに注意を払いながらも、心の片隅で考えていた。

麗しいピンクブロンドではなく、かわいらしい亜麻色の髪の少女のことだ。

（セシリーの作ってくれた茶を飲んで眠ったからか、気分がすっきりしているな……）

今までは短い休憩時間に昼寝をしたことなどなかったのに、薬草茶でリラックスしたジークは爆睡していた。

セシリーの太ももの上で目覚めたジークは、驚きと感動でしばし言葉を失っていた。そんなジークに彼女は照れくさそうにしながら、おはよう、と囁いてくれた。

青い空を背景に背負って微笑むセシリーに魅了されて、ジークは心の急くままに抱きしめようとしたのだったが、恥ずかしがり屋のセシリーは逃げてしまったのだった。

（だが最近は、俺の言動を積極的に受け入れてくれることも多くなった）

羞恥心で頬を染めるセシリーはかわいい。それにたどたどしくもジークの愛情に応えようとするセシリーは、もっとかわいくて仕方がない。

脳内で記憶を再生するジークは、にやけ顔をしていたのだろうか。

「団長の下半身。今日は、その、いつもより良い顔をしているわね」

ふと、シャルロッテが呟いた。

ジークとシリルは顔を見合わせる。シャルロッテから話しかけてくるとは、珍しいこともあるものだ。

黙っていては失礼に当たる。ジークは内容を考えながら言葉を返した。

「おそらく、セシリーの淹れてくれた薬草茶を飲んだからだと思います」

「あなたもあれを飲んだのね。わたくしも薬草茶をもらったら、気分が安らいだのよ」

「殿下と団長がふつうに会話している……！」

シリルが涙ぐんでいる。大袈裟すぎるぞ、とジークは辟易とした。

「団長の下半身、その、もう少し傍に寄って。話しづらいから」

「……はい」

ジークは慌てて、しかしシャルロッテを怯えさせないよう慎重に近づいていった。

侍女たちも驚いた顔をしている。それも当然だろう。シャルロッテの男嫌いは生半可なものではない。

特に男らしく逞しい――悪く言うと凶暴そうな外見であるジークのことを、見かけるたびにびくびくして、護衛になったばかりの頃は涙ぐんでいたくらいだ。

怯えるシャルロッテを可哀想に思っていたが、だからといって団長が護衛任務を放棄するわけにもいかないので、どうしたものかと思っていたのだが。

そんな彼女が、自分から近う寄れとジークに話しかけてくるとは、いったいどのような心境の変化か。

（……いや、セシリーの影響だな）

気絶したセシリーの保護を、ジークはシャルロッテに頼んだ。

一夜泊めてもらえばありがたい程度に思っていたが、シャルロッテはセシリーを気に入ったようで、雪花の宮の客人として正式に招待してくれた。

それからもよく楽しげに話している二人の姿を見かける。ジークとしては妬けるが、お互いに良き友人としての関係を育んでいるようだから、黙って見守ることにしていた。

そんなシャルロッテが、改まってジークに何を話そうというのか。

彼女の選んだ話題は、ある意味でジークの予想通りのものだった。

「セシリーの話なんだけれどね」

「はい。セシリーがどうかしましたか？」

「団長の下半身は、あの子のどういうところが好きなのかなって……」

興味津々！　というのを隠そうともしないシャルロッテの問いかけに、ジークはきっぱりと答えた。

「特にかわいいところと、一生懸命なところが好きです」

「……んま、即答ね」

シャルロッテが頬を赤らめる。侍女たちもざわめいている。

「最初は引っ込み思案なのかと思いましたが、実は感情表現が豊かで表情の変化が激しいところも愛おしいし、見ているだけで楽しくなります。それに、俺の言動にいちいち翻弄されて狼狽える姿も可憐極まりありません。俺は思ったことを率直に言うだけなんですが、それでもセシリーを困らせたくなるというか、困って泣きそうになった顔も魅力的に感じるのです」

「んままま！」

スタンディングオベーションしてしまうシャルロッテに侍女たちも続く。ジークの答えは女性陣の心に響いたようだ。

ノロケと自覚せずにこの領域まで辿り着ける男は、一国にひとり居るかどうかの逸材——侍女たちがジークを見る目がとたんに柔らかくなる。私たち、騎士団長のこと誤解してたわね、の目である。

「じゃあ、いつからセシリーのことが好きなの？」

シャルロッテは首を傾げる。

男女の馴れ初め。これが気にならない女子が居るだろうか。いや居ない。

侍女たちもドキドキしながらジークを見つめている。

だがジークは何も答えない。シャルロッテは唇を尖らせた。

「ちょっと？　どうしたの？」

「……あ、いや。すみません、少しぼーっとしてました」

「もうっ。セシリーが居ないからって、やる気がないのは困るわよ？」

やれやれと肩を竦めるシャルロッテ。

ジークは短い謝罪のあと、再びシャルロッテから離れて護衛任務を継続したのだった。

ジークがシャルロッテの護衛に励んでいたその頃。

用事を終え、雪花の宮に戻ってきたセシリーは、反対方向から歩いてくる女性の姿に気がついた。

侍女を連れた、華やかなドレス姿の令嬢である。化粧が濃いせいか、見るからにきつい印象が漂っていて、セシリーはこくりと唾を呑み込んだ。

生来の明るさを、最近のセシリーは取り戻しつつあった。だがそれはジークやシャルロッテ、アルフォンスといった限りある面々との交流によって、少しずつ心が安らいだ結果だった。

令嬢はまだ通りの向こう側に居る。

ぺこり、と頭を下げてセシリーは宮殿に戻ろうとしたが、そんな背中に冷たい声がかけられた。

「ごきげんよう」

驚いて振り向くと、その女性は間違いなくセシリーのことを見ていた。

「私はノラ、マニアン子爵家の次女よ」

名乗ることで相手を威圧できると知っている者の声だった。

立ち止まったセシリーは、頭を下げる。

「……セシリー・ランプスです」

はて、とノラは手にした扇でわざとらしく口元を隠す。

「ランプス、ね。どちらの家かしら？　私が勉強不足なせいか、聞いた覚えがありませんで……」

セシリーの頬が赤くなる。

「わたしは平民ですから、聞いたことがなくても当然かと」

「あら、そうなの！　雪花の宮にご滞在している方なら、よっぽど高貴なお人柄かと勘違いしていたわぁ。ごめんなさいね」

くすくすとノラが笑う。

悪意に満ちた笑い声からセシリーは顔を隠そうとしたが、外套は手元にない。

そんなセシリーの心を、ノラは抉るように言う。

「ああ、その赤い目――本当に不気味ねぇ」

「……っ」

セシリーの顔が歪む。

何も言えなくなる前に、セシリーはからからに乾いた口を開いた。

「……わたしに、何か用事でしょうか？」

「単刀直入に言うわ。ジークと別れて」

――セシリーの心臓が、不規則に跳ねる。

「どうしてノラ様が、そんなことを……」

「決まっているでしょう。私とジークが付き合っているからよ」

そんなことも分からないのかと、嘲（あざけ）るようにノラが言う。

ジークを平気で呼び捨てにした真っ赤な唇を、三日月の形に歪ませている。

「ねぇ、魔女セシリー。ジークや王女殿下は騙（だま）せても、私はそうはいかないわ」

なんのことだ、としらばっくれることはできなかった。

「ジークは私と交際していたの。それなのに突然、私とは会ってくれなくなった。――あなた、惚れ薬でジークのことを操っているんじゃないの？」

セシリーは沈黙した。

言い返すことができなかったのは、ノラの指摘が図星だったからだ。

そしてそれは、何よりも雄弁な肯定でもあった。

「……呆れた。本当に魔法薬を使ってるのね」

俯（うつむ）こうとするセシリーの顎を扇で捉え、ノラが鋭く睨（にら）みつける。

「ねぇ、愚かな魔女さん。人の幸福を踏みにじって手に入れた、偽りの時間は楽しかった？」

「わ、わたしは……」

「でも残念だったわね」

セシリーの言葉を遮り、ノラはこう言い残した。

「偽物の愛は本物には敵わないのよ。あの人を私に、早く返してちょうだいね」

「はぁ……」

セシリーは大きな溜め息を吐いていた。

場所は雪花の宮。王城と見紛うほど豪奢な建物に見合わぬ溜め息が垂れ流しになっている。

「はぁ……あぁ……」

ソファにちょこんと座って憂鬱そうな溜め息を吐くセシリーを、部屋に招いたシャルロッテは胡乱げに眺めている。

「セシリーったら忙しい子ね。最近は元気そうだったのに、今じゃ病人の顔色をしてるわ」

すっかり気の置けない友人同士となった二人だから、シャルロッテは歯に衣着せぬ物言いをしている。

「しかもどうして、フードを被ってるの？　目の色も赤くないし……まぁ、その色も似合っているけれど」

かわいらしく頰を膨らませるシャルロッテを、セシリーは涙目で見つめた。

「……シャルロッテ様。そ、相談があるんですけど」

「相談？　なぁに？」

「こ、こ、恋の相談です」

「恋の相談？　団長の下半身と何かあったの？」

シャルロッテが文字通り目の色を変える。

「ち、違うんですっ。わたしじゃなくて友達の話なんですけど」

「その導入だと、つまりセシリーの話ね。でもそこには目をつぶって聞くのが、できる女ってやつかしら」

シャルロッテはソファの上でそれっぽく足を組み、甘いミルクの入ったカップをグラスのように回してみせた。テーブルに中身が飛び散るが、お構いなしである。

「さぁ、わたくしに話してみてくれる？」

流し目で見てくるシャルロッテに、セシリーは小さく頷いた。

「恋人と楽しく暮らしていたら、ある日、自分こそが彼の本物の恋人だと名乗る女性が現れたんです……」

ふぅん、とシャルロッテが吐息のような相槌を打つ。

「状況がよく分からないけれど、まず恋人である男の下半身を問い詰めるべきじゃないかしら。そいつが二股かけていた可能性が高いわよ」

真っ当な意見だった。この説明では、ジークこそが浮気者だと取られるのが自然だ。

「でも、その男性は女性や子どもからは怖がられていて、泣かれたりするって悩んでいたんです」

「それは分からないわ。切れ味の鋭い男の本当の顔を知っているのは、自分だけ――そんな快感に溺れる女だって、居るわ。……ぜんぶ本の受け売りだけれど」

（そうかも！）

まさしく、シャルロッテの言うような感情にセシリーは心当たりがあった。

ジークの優しさになぜ誰も気がつかないのだろうと思っていた。でも、心のどこかで優越感を覚えていた部分があったのだ。

セシリーはショックのあまりその場にふらふらと倒れた。

「ちょ、ちょっと。セシリー、大丈夫？」

声をかけられても立ち上がれない。

（じゃあ、やっぱりジークはあの人と……）

「でも結局、本人を問い詰めたほうが話は早いんじゃないかしら。すぐ近くに居るんだし」

もはやジークとセシリーの話だと、シャルロッテは疑ってもいない。

セシリーはぱっと顔を上げ、シャルロッテのドレスの裾にしがみついた。

「い、一緒に行きましょう。ひとりで行くのは怖いです」

「いやよ！　なんでわたくしが！」

「わたしたち、親友じゃないですかっ」

「え！」

――しんゆう⁉

その言葉はシャルロッテの胸に突き刺さる。

今まで過保護に育てられてきたシャルロッテには、友達と呼べるような近しい存在は居なかった。

下半身はみな下半身だし、侍女は侍女。高貴な生まれであるシャルロッテは、他者と一線を引くことを余儀なくされてきた。

そんなシャルロッテにとって、セシリーの言葉はこの上なく甘美であった。

平たく言うと、嬉しかったのである。その喜びが、下半身だらけの飛竜飼育地帯に向かう恐怖を一時的に遠ざけていた。

「そこまで言うなら仕方ないわね。い、一緒に行ってあげなくもないわよ。わたくし、セシリーの親友だもの！」

「シャルロッテ様ぁ……！」

ふんっ、と鼻息荒いシャルロッテの腰に、ぎゅっと抱きつくセシリーであった。


生まれたての子鹿のように震えるセシリーと手を繋ぎ、シャルロッテは聖空騎士団宿舎へと向かっていた。

時刻は夕方。セシリーが数時間ほど溜め息を吐いていたために、ずいぶん遅くなってしまったが、そろそろ騎士団の仕事が終わる頃合いでもある。

「シャルロッテ様、怖い。やっぱりわたし、怖いです……」

「大丈夫よセシリー、少しは落ち着きなさいな」

「ううっ」

ガチガチと歯の根を鳴らすセシリーを引っ張るシャルロッテは、末妹である自分がお姉さんになったような気分であった。

今まで、誰かに頼られた経験はないシャルロッテは気合い十分である。怖い下半身たちとも今なら戦える、そんな気までしてくる。

「あっ、見てセシリー。あそこに下半身だかりが！」

「！」

シャルロッテの言葉に、セシリーは顔を上げる。

日が暮れて、飛竜たちは厩舎に戻されたあとだ。宿舎前に集まっているのは仕事を終えた団員たちである。

その中心にはジークが居る。セシリーという恋人ができたからか、雰囲気が少しだけ柔らかくなった彼の周りには、怯えずに団員たちも集うようになったのだ。

「ほら、話に行くわよセシリー。……セシリー？」

声をかけられたセシリーはといえば、地面に足裏が張りついたように動けずにいた。

訝しげに細い眉を寄せているシャルロッテに、セシリーはぺこりと頭を下げた。

「シャルロッテ様。わたし、帰ります」

「……えっ？」

聞き間違いかと思い、シャルロッテは首を傾げる。

だが繋いでいた手が離れ、セシリーが踵を返してしまったところで本気だと悟りぎょっとした。

「えっ！　ちょっとセシリー！　わたくしを下半身の海においていくって言うの〜⁉」

騒ぐシャルロッテの声は、今のセシリーには聞こえていない。

「卑怯者」

走りながら彼女が罵るのは、ジークでもノラでもない。

「わたしは、卑怯者だわ」

なめらかな頬を、一筋の涙がこぼれ落ちる。

……今さらジークに話を聞いて、どうしようというのだ。

彼は未だに惚れ薬の効果に囚われている。そんなジークに質問を投げかけたところで、ノラを愛している、彼女こそが真の恋人だ、などと口にするはずがないのだ。

むしろセシリーのために、ノラのことなどなんとも思っていないとジークは言うだろう。あるいは恋人だったたが、今となってはどうでもいいと冷たくあしらうのかもしれない。

セシリーは自分が安心を得るために、ジークにまた心にもないことを言わせようとした。

そんな己が恥ずかしい。恥ずかしくて、惨めで、ジークと顔を合わせて話すことなどできるはずもなかった。

「ちゃんとわたし、最初から分かってたのに」

流れ落ちる涙は地面に落ち、黒い点になる。

「ジークにはわたしなんか、相応しくないって」

魔女だから、ではない。

魔女だという理由で差別しない人たちはたくさん居た。セシリーはすべての信頼を裏切って、越えてはならない一線を越えてしまったのだ。

ジークが誤って惚れ薬を飲んだとき、すぐ誰かに説明していれば良かった。これは単なる事故で、飲ませる気などなかったのだと言えば、きっとシャルロッテやマリアは納得し、セシリーの力になってくれただろう。

今となっては、何もかもが遅い。

セシリーは頬を濡らす涙を力任せに拭った。

落ち込んでいる暇はない。セシリーには、まだやるべきことが残っている。

「早急に惚れ薬の解毒薬を、作らないといけないわ」

ジークを本当の恋人のところに、帰してあげなければ。

そう思い込むことで、セシリーは自分の気持ちに蓋をするのだった。

A witch in love has drugged
an elite knight with a
love potion.

「うぅん……やっぱりないわ！」

王城にある図書館にて、書物を漁っていたセシリーは項垂れていた。

大声を上げたせいで、他の利用者にじろりと睨まれる。セシリーは身を竦ませ、ぺこぺこと頭を下げた。

この数日間、セシリーは延々と図書館の書物を読みふけっている。

（家のレシピ集にはなかった。だからここなら、もしかしてと思ったんだけど……）

セシリーはぱらぱらと本をめくりながら唇を尖らせる。

見ていたのは、王城にて保管されている魔法薬のレシピ集である。

魔法薬のレシピ自体は、いくつかこのように一般に出回っており、高値で取引されている例もある。レシピが分かっていても魔力のない人が作れば、できあがるものにはなんの効力もないのだが。

こうして魔女が与えた知識は誰かに活かされることはなく、大昔の遺産として保管されているだけなのだ。

しかしセシリーが探す惚れ薬の解毒薬については、古いレシピ集の中に影も形もない。

そもそも、解毒薬なんてものがあるのかも分からない。魔女というのは好き勝手に魔法薬を作る存在だ。解毒薬を作ろうなんて、端から頭にはないだろう。

セシリーだって、数多くのレシピを見てきた魔女である。だが一度も、薬の効果を打ち消す解毒薬のレシピを見かけたことはなかった。

それでも藁にも縋る思いでページを捲ってみるものの、今のところそれらしき記述はさっぱり見当たらない。

（いったん、ママのところに戻るべき？）

数多のレシピを所有していたグレタなら、あるいはと思う。

だがセシリーが里を出てまだ一年。途中で故郷に戻ってしまえば掟破りとなる。それは打つ手が何もなくなったときの最終手段とするべきだろう。

「……………ジーク、元気にしてるかしら」

ぽつり、とセシリーはその名を呟く。

もう二日間もジークに会っていない。

いけないと分かっているのだが、少しでも気が抜けるとジークのことを考えてしまう。

いいや、逆だろうか。本当はずっとジークのことを考えながら、気がつかない振りをしている。気が抜けたときだけ、本音が漏れてしまうのだ。

惚れ薬によって、ジークの心はねじ曲がった。絵本や童話の中の王子様が唖然とするくらい、甘々な態度や言葉でセシリーへの愛を示してくれるようになった。

――だが、薬によってもたらされる溺愛は本物とはほど遠い。

ノラが現れたとき、最初はショックだった。

けれど彼女が現れなければ、セシリーとジークは結婚にまで至り、赤ん坊まで授かって幸せに暮らしていたかもしれない。そう思うと、ノラが現れてくれて良かったという気もしてくる。

なぜならば、いつ惚れ薬の効果が切れるか分からないからだ。

すべてが手遅れになったとき、正気に戻ったジークはどれほどのショックを受けるだろう。取り返しのつかない失敗をしたと、悔いることだろう。

「……誰だって、好きな人と結ばれるべきよね」

お互いのために、今、セシリーは正しい道を選ぼうとしている。

「そもそもジークなんて、ぜんぜん好みじゃなかったもの」

心にもないことを言い切って、セシリーは腕組みをする。

「じゃあ、どんな男が好みなんだ?」

「そうね。わたしの好みは、おとぎ話に登場するような金髪碧眼（へきがん）の王子様よ。ハンサムで、優しくて、強くて、勇気があって、思慮深くて、目つきが怖くて、でも瞳がいつも温かくて、そんな――」

そんな、ジークが好きだ。

と続けようとして、違和感を覚えたセシリーは口の動きを止めた。

恐る恐るテーブルの横を見て、硬直する。

そこに無表情のジークが立っていた。

「ジッ――」

大声を上げかけるセシリーの口を、ジークが片手で塞ぐ。

かと思えば逞（たくま）しい腕に抱き上げられ、お姫様抱っこされてしまったものだから、セシリーは驚きのあまり文句も言えなくなってしまう。

その間に彼は手早く、テーブルに広げられていたレシピ集を本棚へと戻すと、セシリーを抱いたまま図書館を出てしまった。

後ろめたいセシリーは慌てふためくしかない。

「ち、違うのよ。ちょっと調べたいことがあって、だからジークを避けているわけじゃなくて、それに金髪碧眼とかも適当に言っただけで」

薬の効果が続いている以上、ジークを傷つけるわけにはいかない。必死に言いつくろうセシリーを目を細めて見つめながら、ジークは歩いて行く。

辿(たど)り着いた先は、人気のない庭園である。

色とりどりの花が咲き、甘い香りの漂う庭園の片隅。

大切そうな手つきでセシリーを地面に下ろすと、ジークはこう言った。

「セシリー、話さないといけないことがあるんだ」

その真剣さに、セシリーは反射的に身構えた。

「明日から俺たちは、魔獣討伐のため北の山脈に向かうことになった」

「……え?」

ジークが口にしたのは、国王より聖空騎士団に下された任務のことだった。

北の山脈とは隣国との国境をまたぐようにして広がる深い樹海で、そこには数多くの凶暴な魔獣が潜んでいるとされる。

今までは目立った動きのない魔獣だったが、最近は近隣の村まで下りてきて暴走しているという。

そんな魔獣たちを食い止めるために、聖空騎士団が派遣されることになったのだ。

「三人だけシャルロッテ殿下の護衛として残すが、あとの全員で山脈に向かう」

（そんな危険な任務……）

ジークたちが優秀だといっても、怪我人だって出るだろう。厳しい戦いになれば、死人が出ることだってある。

だが感情のままに反発することが、正しいとは思えない。

今まで、ジークはセシリーにたくさんのものを与えてくれた。

フードに隠れて、俯いてばかりいたセシリーの世界は、ジークとの出会いによって鮮やかに色づき、広がっていった。

（出会ってから、まだ半月しか経っていないのに）

それほどまでに、ジークの存在は大きいものだった。

（せめて、笑顔で伝えないと）

わざわざ図書館に居るセシリーを見つけて、こうして任務のことを自分の口で伝えてくれたのは、ジーク・シュタインという人が恋人に対してどこまでも真摯だからだ。

だからこそセシリーも、そんな彼が誇らしく思うような自分でありたい。

たとえ偽物の恋人だとしても、その気持ちは揺らがなかった。

「ジーク。気をつけて、無事に戻ってきてね」

目元を緩めて、口角をほんのりと上げて。

笑顔でそう伝えるセシリーに、ジークが目を見開いた。

その瞬間、セシリーの華奢(きゃしゃ)な身体は、目の前のその人によって包まれていた。

「あ――」

セシリーの頬に、朱色がのぼる。

けれどセシリーは与えられる体温をいやがるように、身体を震わせる。

「だ、だめ。ジーク、離れて」

「いやだ」

「だ、だめなんだってば」

本当に、だめなのだ。このままでは、ジークから離れがたくなってしまうから。

セシリーの拒絶を感じ取ったのか、ジークは不満げながらも身体を離す。

「なら、もっと顔をよく見せてくれ」

だが、大人しく離れたりはしなかった。

壊れ物を扱うような手つきで頬を包まれ、優しく持ち上げられてしまえば、触れるほど近くにジークの顔がある。

怖いだとか迫力があるだとか言われているけれど、ジークの容姿はとんでもなく整っている。

その鋭い褐色の瞳に見つめられたとたん、セシリーの胸に何かが込み上げてきた。

「……っあ」

「どうしたんだ、セシリー」

ジークは心配そうな目を向けてくる。

セシリーは一生懸命耐える。だけれどジークに熱い眼差しで見つめられながら、何分も耐えられるわけがなくて。

「……っごめん、なさい」

「セシリー？」

セシリーは、泣き出していた。

「ごめんなさい、ジーク。本当にごめんなさい……」

誰よりも幸せになってほしい。

たとえ隣にセシリーの居場所が、なくてもいいから。

そう、心から願ってしまうくらいには――セシリーは、ジークのことが好きだ。

例えばアルフォンスやシリルに誤って惚れ薬を飲ませることになっていたとして、きっと心動かされたりはしなかっただろう。

――ジークが、わたしを、好きになってくれたらいいのに。

そんな気持ちで作ったから、惚れ薬は成功してしまった。

そしてあのときより今のほうが、もっと彼が好きだ。

聖空騎士団長という責任ある立場で、部下たちを指導し、飛竜を育成しながら、睡眠時間を削ってがんばるジークという人が好きなのだ。

（人を好きになるって、こういうことなんだわ）

セシリーは惚れ薬なんて飲んでいないのに、たぶんジークよりもずっと、セシリーのほうがジークのことを好きになってしまった。

今まで恋愛に憧れながらも、無縁に生きてきたセシリーだ。そんな風に思える人ができたことが嬉しくて、同時に、ひどく切ない気持ちにさせられる。

涙ににじむ瞳を見られたくなくて、強く、しがみつくようにジークに抱きつく。

「ジーク」

それ以上は、言葉にできなかった。

「セシリー、好きだ」

そんなセシリーの気持ちを代弁するように、ジークがセシリーの背中にそっと手を回した。

（本当は……あなたはわたしのことなんか、好きじゃないのよ）

そう言ってあげたい。

でも、今そう伝えたとしても、惚れ薬の効果にやられているジークは納得しないだろう。

セシリーは深呼吸をする。

（ジークが北の山脈に向かう間に、わたしは解毒薬を作ってみせる）

彼の身は心配だが、聖空騎士団は誰もが優秀だ。魔獣たちに負けたりはしない。

そしてジークが傍に居なければ、セシリーは迷わない。躊躇ったりしない。ちゃんと、できるはずだ。

セシリーは彼を見上げ、決然と言う。

「……わたしね。ジークが戻ってきたら、話したいことがあるの」

唐突な言葉にジークは驚いた様子だったが、大きく頷いた。

「セシリー。そのときは、俺にも話したいことがあるんだ」

身を切るほどに冷たい風が吹く中。

聖空騎士団は飛竜に跨がり、凍える北の山脈へと向かう道中にあった。

飛竜は底なしの体力を持つ。それよりも乗り手である人間のほうがよっぽど体力がないので、定期的に地面に降りて食事や休憩の時間を取るようにしている。飛竜というより人間のための休憩と言ったほうが正しいだろう。

騎士服の上からまとうのは分厚い外套。

手綱を握る手は手袋に包まれているが、それでも数十分と空の上を飛んでいればあっという間に身が凍えそうになる。

これが冬の行軍ともなると、比べものにならないほど冷えるので、幾分かましではあるのだが。

「そろそろ休憩するぞ！」

ジークは手綱でスノウを軽く叩く。

『グオオ！』

合図に応じてスノウが鳴く。ジークの声では全団員に届かないため、スノウの声に反応した飛竜たちが、手綱を握る人間たちに合図の内容を身振りで伝えるようになっている。だいたいの休憩場所は事前に通達しているものの、失神しかけている者が居る場合もあるのだ。

色づく夕空を泳ぐように。

スノウは風を斜めに裂きながら、地上へと降り立つ。

民家も畑もない寒々しい荒野の一角だ。飛竜は図体が大きいため、こういった開けた場所でないと着陸が難しい。それが十七体も居れば尚更だ。

軽々と着地してみせたスノウからひらりと飛び降り、その喉元をジークは撫（な）でてやる。

グルグル、とスノウが喉の奥を鳴らした。

人間用には天幕を張るが、飛竜に適したサイズのものはないので、彼らはそれぞれ荒野に寝そべって眠る。

飛竜の食事や排泄（はいせつ）の世話が終わったあとは、ようやく人間たちの食事の時間がやって来る。

といっても食事内容は身体を温めるためのスープと、保存食であるナッツとチーズという簡素なものだ。

味気ない食事だが、慣れたものだ。各自、背嚢（はいのう）に入れてきた保存食を口に含んでいる。

飛竜を使えば移動時間は大幅に短縮できるため、明日の朝には目的とする北の山脈に到着するだろう。

ジークが手頃な岩に座ってナッツを咀嚼（そしゃく）していると、頭上に影が差した。

「ここ、いい？」

断る理由もないので頷く。

隣り合う岩に腰かけたのはアルフォンスだった。

「最近のジークさ、元気ないよね」

前置きもなく、アルフォンスは話を始める。

その声は火を囲んで食事をとる他の団員たちに聞こえないよう、潜められていた。

「分かってるよ。セシリーちゃんと喧嘩でもしたんだろ？　二人、一緒に居るところめっきり見なくなったし、セシリーちゃんはジークのことを避けてるみたいだしね」

「…………」

「オレはさ、見た目の通り本当にもてるから……ジークの気持ちは、分かってあげられないかもしれない。でも力になりたいと思ってるんだよ。ようやく腐れ縁の我が団長に春が来たんだから、応援するのは当たり前だろ？」

「…………」

「そんなオレからのアドバイス。セシリーちゃんの手は、離さないほうがいいよ。あんなにジークのことを大切にして、心から思ってくれる女の子は他に居ないと思う。ジークだって気づいてるでしょ？　セシリーちゃんってジークを見るときだけ、いつも泣きそうなくらい潤んだ目をしてるんだ。ジークは怒るだろうけど、ちょっとこっちがドキッとしちゃうくらいね」

「…………」

「あれ、ごめん。もしかして聞こえてない？　最初から言い直したほうがいい感じかな？　え、えっとそれで……最近のジークさ、元気ないよね」

「いや聞こえている」

「じゃあなんで無視する⁉」

耐えかねたように立ち上がるアルフォンス。

「副団長うるさいです！　飛竜が興奮しちゃいますよ！」

「っさいなぁシリル！」

シリルに注意されたアルフォンスが、怒鳴りつつも大人しく座る。

赤々とあたりを照らす焚き火を見据え、ジークは毅然と言い放つ。

「そもそも俺は、セシリーと喧嘩なんてしていない」

「あ、そうなの？」

「ただ、少し考えていた。先日シャルロッテ殿下に、いつからセシリーのことが好きなのかと訊かれたんだが」

「王女殿下がそんなことを？……って、なんでジークと殿下が恋バナなんてしてんの？　あんなに嫌われてたのに」

アルフォンスはやや焦った様子だ。

「最近は少し話せるようになったんだ。セシリーのことを愛する下半身なら怖くないんだと」

「相変わらず意味分からないね。……あの人、顔はめちゃくちゃかわいいけど」

うんざりしたような顔で呟くアルフォンスにジークは頷き、容赦なく事実を指摘した。

「アルフォンスの下半身は特に気持ちが悪いと言っていたからな」

「その言い方、だいぶ語弊があるけどねぇ！　ほんとにあの子、分かってて言ってんのかなぁ⁉」

「副団長、マジでうるさいです！」

「っ、分かったって、この眼鏡！」

アルフォンスがぶん投げたナッツがシリルの眼鏡に当たる。

「あ！　何するんですか！」

パリィン、と音を立てて眼鏡は粉々に砕け散った。シリルは文句を言いながら、予備の眼鏡を背嚢から取り出している。

ぎゃあぎゃあと騒ぐ団員たちの声を聞きながら、ジークは夜空を見上げる。

この空を、あの赤い瞳をした少女も見ているだろうか。どうか見ていてほしいと、そんな風に思った。

(どこか、不安そうだったな)

出発の前日、ジークはセシリーに会いに行った。

近頃は図書館に通っているとシャルロッテから聞いていたので、図書館内を歩き回って見つけた。

喧嘩をしたわけではないが、確かにセシリーは様子がおかしい。彼女が何かに怯(おび)えているように、ジークには見えた。

その正体は未だ分からないままで、もやもやしている。

だが無事に戻った暁には、ジークに伝えたいことがあるという。それを聞くためならば、必ず無傷で戻るとジークは決意していた。

「いつからセシリーのことが好きなのか」

ぼそりと、ジークは呟く。

あのときシャルロッテの問いには答えなかったが、その答えをジークはとうの昔に知っている。

「戻ったら、ちゃんと伝えてやらないとな」

北の山脈を間近にして、夜は更けていく。

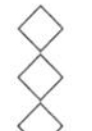

「……突然すぎるわよ、セシリー」

三日後の朝、雪花の宮である。

その正面玄関では、外套を被ったセシリーとシャルロッテが向かい合っていた。

険しい目線のシャルロッテから目を逸らし、セシリーは俯きがちである。

「シャルロッテ様、本当にごめんなさい」

これればかりは、責められても致し方ない。

セシリーが宮殿を出ることを伝えたのは、昨夜のことだった。

聖空騎士団が旅立ってから、セシリーはますます気合いを入れて図書館の書物を漁(あさ)り、解毒薬についての情報を探し続けた。

しかし有力な手掛かりは得られないまま、時間ばかりが過ぎていく。

危機感を募らせたセシリーは、最終手段を使わざるを得なくなった。故郷に戻り、母グレタにレシピについて訊(たず)ねるという方法だ。

「どうしても行くのね?」

シャルロッテからの再三の確認に、セシリーは重々しく頷く。

「はい。どうしても――、

どうしても、ホ、ホホ、ホームシックなので」

セシリーは顔を真っ赤っかにしながら、ごにょごにょと口にした。

十六歳という成年でありながら、ホームシックだから家に帰ると宣言するのはものすごく恥ずかしい。穴があったら入りたいくらいに恥ずかしい。

しかし他に良い言い訳は思いつかなかった。シャルロッテやマリアは、セシリーの言葉に特に疑いは持たなかったようだ。

それどころか、マリアなんかは励ますように肩を叩いてくれる。

「ホームシックは、恥ずかしいことではありません。むしろ人として当然の感情です。セシリー様がお母様やお父様を恋しく思うように、ご両親もまた、久々にセシリー様の元気な姿を見たいと思っていらっしゃることでしょう」

悪気はないのだろうが、慰められるたびにセシリーは悶(もだ)え苦しんでいた。

むうっと、シャルロッテがかわいらしく頬を膨らませる。

「でもホームシックで故郷に戻るなら、こっちで馬車を手配するのに」

「何日も置いていただいたのに、これ以上迷惑はかけられません」

「わたくし、迷惑だなんて思ってないわ！」

それが本心からの言葉だと分かるから、セシリーは笑みを浮かべることができた。

「……本当にありがとう、シャルロッテ様」

何度、感謝を口にしても足りないくらいだった。

「シャルロッテ様はわたしにとって、初めての、唯一の親友です」

セシリーの言葉に、シャルロッテの瞳がうるうるしている。

「それに、これが永遠の別れになるわけじゃありません。わたしはまた戻ってきます」

「……本当ね？　ホームシックを解消したら、また会えるのね？」

「はい。親友に嘘を吐いたりしませんから」

「……分かったわ」

シャルロッテも、ようやく納得してくれたようだ。

宮の主であるシャルロッテ、それにマリアや他の侍女たちも勢揃いして見送ってくれる。

平民で、しかも魔女であるセシリーのことを侮ったりせず歓待してくれた人たちだ。セシリーは彼女たちの姿が見えなくなるまで、振り返っては手を振った。

「……また二人になっちゃったね、ロロ」

「ミャア」

足元には、音を立てずに歩く黒猫の姿がある。

気心の知れたロロには励まされるが、離宮から離れれば、そこはセシリーにとって知らない場所だ。

数日前に厨房を借りて新しく調合した目薬を、セシリーは両目にさす。

ぱちり、ぱちりと瞬きをすれば、魔法の目薬によって瞳の色合いは変わる。赤色から、どこにでもあるような亜麻色へと。

それでもなるべく人と視線が合わないよう、外套にくるまりながら、セシリーは王城をあとにする。

肩に提げた鞄には、シャルロッテたちから渡された食料や飲み水が入っている。

ここからは、王都に辿り着いたときと同じように乗合馬車に乗るつもりだ。

もし持ち合わせがなくなったら、立ち寄った村で下働きでもなんでもして、小金を稼げばいい。

けれど、できるだけ早く王城に戻ってこないといけない。

「ジークが帰ってくるまでに、は無理だろうけど……」

飛竜に乗る聖空騎士団の移動速度を考えると、セシリーが敵うはずもない。

考えながら王都の道を歩いていたセシリーは、後ろから肩を叩かれた。

「すみません、お嬢さん。少しいいですか？」

「はい？」

振り返った直後のこと。

首の後ろを叩かれて、セシリーの視界はぐらりと歪んでいた。

第六話 攫われたセシリー

A witch in love has drugged
an elite knight with a
love potion.

「う……」

ざりざりとした生温かい何かが、セシリーの頬を舐めている。

それはセシリーにとって、馴染みのある感触だった。

「ロロ？」

目を開けてみると、黒猫は大きな硝子玉のような瞳でセシリーを見下ろしている。

ずきずきと頭痛がする。セシリーは呻きながら、あたりを見回した。

セシリーは廃屋のようなところに寝かされていた。

埃っぽさに小さく咳き込みながら、慎重に観察してみる。

小屋の中は雑多に物があふれている。長年使われている様子はなさそうだ。

窓がない狭い小屋だが、ところどころに隙間があり、そこから射し込む光は淡い夕暮れの色をしていた。

セシリーが王城を出てから、少なくとも半日以上の時間が経過しているようだった。

（確か、後ろから声をかけられて……）

肩を叩かれて振り返った。そこから先の記憶がない。

（拐かされた？）

セシリーの顔はさぁっと青ざめる。

しかし、自分を誘拐して得をするのは誰だろうか。

いの一番に思いつくのは、魔女の力を利用したい輩だ。シャルロッテによれば国王すら魔女の調合する薬を追い求めているそうだし、あり得なくはない。

「ニャア」

ロロが鳴いて、セシリーの手の甲を舐める。

見れば、セシリーの両足首はロープで縛られていた。それに背中に回された両手も同じもので結ばれているようだ。

これでは身動きが取れない。セシリーは焦りながら、悠々と身体を伸ばしているロロに小声でお願いした。犯人に聞こえているかもしれないので、大声を出すべきではないと思ったのだ。

「ロロ、このロープを噛み切ってくれない？」

「…………」

ロロがふわぁと欠伸（あくび）を漏らす。

ただの猫には難しいお願いだったようだ。

（うう、どうしよう……）

万事休すである。セシリーは困ったが、手足に力を入れてもロープはびくともしない。

汚れた床をごろごろ転がりながら格闘していたセシリーの耳が、複数人の足音を拾う。

建て付けの悪そうな扉がババンと開け放たれた。

「どうやら目覚めたみたいね」

屈強な男たちを後ろに従えて現れたのは――。

「ノラさん……」

廃屋に似合わない豪奢なドレス姿で現れたノラが、にやりと笑う。

彼女の登場に驚きながらも、セシリーはちらと視線をその後ろにやった。

見える限り、男は二人。ノラが雇った者か、彼女の家の者だろうか。

背後に広がる森は暗い。セシリーが暮らしていた森のようにも見えるが、確信は抱けなかった。

視線を戻したセシリーは、おずおずと問いかけた。

「ノ、ノラさんが、わたしを誘拐したんですか？」

「ええ、そうよ。それが何か？」

にやにやと笑うノラに、セシリーは頭を下げた。

といっても床に転がっているから、ただ首の角度を変えることしかできなかったが。

「ごめんなさい！」

「……は？　なんのつもり？」

誘拐された本人から、謝罪されるとは思っていなかったのだろう。ノラは虚をつかれたようだった。

「だって……わ、わたしのせいで、あなたにこんな真似をさせてしまいました」

思えば、ノラがジークと別れろと言ってからずいぶんと時間が経っている。

（わたしに別れるつもりがないと思ったんだわ）

セシリーは自分のことばかり考えていて、ノラの胸中を慮る余裕がなかった。

そのせいでノラは、セシリーを誘拐するなんて暴挙に出てしまったのだ。セシリーが手をこまねいていたから、犯罪行為に及んでしまったのである。

そんな申し訳なさが、セシリーの口を動かしていた。

「ノラさん、あなたの言う通りです。わたしは、ジークに惚れ薬を飲ませました」

とうとう自ら悪事を白状したと思ったのだろう、ノラが口の端をつり上げる。

「本当にごめんなさい。謝って済むようなことじゃないって分かってます。今は、惚れ薬を解毒するための方法を探しているんです。でもレシピは見つからなくて、母に訊いてみるために故郷に戻ってみようと思っていて……」

「そんなまどろっこしいやり方より、もっと手っ取り早い方法があるじゃない？」

必死に説明するセシリーだったが、ノラはそんな彼女の声音をぴしゃりと遮る。

「……え？」

そんな方法があるならば、教えてほしい。

希望に縋るように目を見開くセシリーの頭を、ノラはヒールのある靴で踏みつけた。

「うっ……！」

痛みのあまり、セシリーは小さな悲鳴を上げる。

主人のピンチに気がついて、ロロがうなり声を上げて全身の毛を逆立てる。だが飛び掛かろうとするロロに向かって、ノラは容赦なく扇を投げつけた。

「寄らないで、汚い猫ね！」

ふにゃあっ、と叫び、怯えたロロが暗がりに隠れる。扇は当たらなかったようで安堵するセシリーだが、ノラはますます強くセシリーの頭を踏みつけた。

「良い人ぶるのは結構だけど、あなたのやったことは極悪よ。その自覚はあるの？」

「……ッ」

返事をしようとしても、ぐりぐりと踏まれていては口を開くのもままならない。

出血しているのか、頭皮を何かが伝う感触がして気持ち悪い。セシリーは息を詰め、目を閉じた。

「ジークとの出会いは今でも覚えてるわ。王城のサロンで開かれるお茶会の席に向かっていたとき、私は階段から足を踏み外しかけたの。そんな私を、ジークは颯爽と助けてくれた。私たちはその瞬間、お互い恋に落ちていたのよ」

ノラが夢見るような口調で語るのは、美しい恋の物語だった。

幼いセシリーなら、きっと夢中で耳を傾けてはしゃいだだろう、素敵なお話だった。

（わたしは、そんなノラさんとジークの恋を……踏みにじってしまった）

いくら謝罪しても、ノラを苛立たせてしまうだけだ。そう分かっているセシリーは、唇を噛み締めて声を上げずにいた。

やがて、散々語って満足したのだろうか。ノラは残虐な口調で続けた。

「ねぇ、知ってるかしらセシリー・ランプス。いえ、教養のない泥棒猫は知らないだろうから教えてあげるわ」

「…………」

「あのね。――――悪い魔女を殺せば、物語はハッピーエンドを迎えるのよ？」

知っている。

きっとノラよりも、セシリーのほうが詳しく知っているだろう。

子どもを楽しませる絵本やおとぎ話の数々にセシリーは魅了されてきた。自分もいつか、そんな風に胸躍る恋がしてみたいって、そんな風に願っていた。

「わたしを殺せば……惚れ薬の効果は切れ、ますもんね」

「ええ、そういうこと」

ノラが頷くとおり。

物語に登場する魔女は、いつだって悪者だった。

怪しい薬を使って、お姫様や王子様を害するけれど、悪い魔女には正義の鉄槌が下されるのがお約束だ。

「悪く思わないでね。これはジークの心を取り戻すために、仕方のないことだから」

足をどけたノラが、てきぱきと男たちに指示を出す。

頭から血を流してだらりとしたセシリーの身体が、宙に浮く。ひとりの男が、セシリーを肩に担いで持ち上げたのだ。

廃屋から出て、森の方角へと歩いていく。男の足取りに迷いはなかった。この誘拐は突発的なものではなく、計画的な犯行であるのが窺えた。

「ねぇ、『豚になったお姫様』は読んだことがある？」

隣をついてくるノラが話しかけてくる。

「ええ、あります」

口を開くのすら億劫だったが、セシリーは力なくそう返した。

「そうなの。じゃあ『黒薔薇の王女』は？ 『二本の惚れ薬』は？ 『魔女に呪われた王子』は？」

「どれも知って……います」

「あら、意外といろんなお話を読んでいるのね。私たち、違う形で出会っていたら、良いお友達になれたかもしれないわ」

心にもないだろうことを、ノラが嘯く。

以前、似たようなことをシャルロッテが言ってくれた。あのときと違って、その言葉はセシリーになんの感情も抱かせはしなかった。

どのお話でも、魔女が辿る結末は同じ。ノラはただそれをセシリーに知らしめて、恐怖心を与えたかっただけだろう。

しばらく歩き、開けた場所へと出ると、男は乱暴な手つきでセシリーを地面に転がした。

呻いてのろのろと目を開くセシリーを、にやついたノラが見下ろす。

「ここがどこだか分かる？」

「……崖……」

「――そう、魔女を落とすのにうってつけの崖よ！」

満足げにノラが声を上げて笑う。

うつ伏せに転がされたセシリーの両目に、剝き出しの岩肌が映る。

両耳が、すぐ下から吹き荒れる風の音を聞いている。

恐怖のあまり、首の後ろがすうっと冷たくなっていく。

ノラはここからセシリーを落とすつもりなのだ。地面もよく見えないこの崖から、真っ逆さまに。

(でも、仕方ないか)

惚れ薬の効果を解く方法は、結局分からずじまいだった。

だから、仕方ない。

落とされても仕方ない。

仕方ない――けれど。

「最後に、せめてジークに……」

ちゃんと彼に謝りたかった。

そして、一度くらいは素直に伝えたかった。セシリーの気持ちを。

もしも、その二文字を告白したなら、ジークはどんな顔をしたのだろう――。

言いかけるセシリーの身体を、ノラが突き飛ばす。

ふわり、と身体が浮いた感覚。

強すぎる風に目を開けていられず、セシリーは両目を固く閉じる。

数秒後には、きっと自分は地面に叩きつけられている。

あるいは岩棚のどこかに引っ掛かって、寒さに凍えながら死んでいくのかもしれない。

そう思った瞬間、セシリーは叫んでいた。

怖くて、怖くて。

――もう会えなくなるのが怖くて、名前を呼ばずにいられなかった。

「ジーク！」

だから答えがあることなんて、まったく、想定していなかったのに。

「セシリー！」

最初は、幻聴だと思った。

だが身体に大きな衝撃を受け、恐る恐る目蓋を開いてみれば、視界の真ん中にその人の姿があった。

「ジ……ジー、ク？」

「ああ。俺だ」

破顔するジークを、セシリーは唖然として見返した。

身を切るような強い風は感じるものの、先ほどまでと違い身体は安定している。というのもセシリーはジークの片腕に抱き留められていたのだ。

ジークの肩越しに、飛竜の大きな羽が動いている。夕陽に染まった白い翼は美しく、どこか幻想的だった。

まだ落下のショックが抜けきらないセシリーだったが、ジークは器用に片手で外套を脱いでみせると、それでセシリーの身体を包み込んだ。

「セシリー、今から手足のロープを解く。少しの間だけ、我慢できるか？」

問われたセシリーは、小さく頷く。

ジークは痛ましげにしつつ、腰の小刀を鞘から引き抜くと素早くロープを切っていった。

そうして、よく耐えたというようにセシリーを抱きしめてくれる。

温かな感触。鼻腔をくすぐる香水の香りに、セシリーの瞳に光が戻る。

「ここはスノウの、背なの？」

「ああ、そうだ」

信じられないことにスノウは、ジークに指示されてセシリーを空中で受け止めてみせたようだった。

肺に溜め込んでいたすべての空気を出すように、ジークが息を吐く。

「間に合って良かった。もし君を失っていたら、俺は世界のすべてを滅ぼすまで暴れていただろう」

「ち、違うの。ジーク、違うの……」

ふるふる、とセシリーは首を振る。

これ以上、事実を伏せておくことなんてできない。

「わたしはあなたに、惚れ薬を飲ませたの！」

ジークが褐色の瞳を大きく見開く。

「そのせいでジークは……っ、ジークはノラさんじゃなくて、わたしを好きだと錯覚しちゃったの。ひどいことをして、ごめんなさい……！」

自分にはもう泣く資格もないのだと、セシリーは歯を食いしばって耐える。

ジークからはきっと、罵りの言葉が飛び出すだろう。セシリーを助けたことを後悔するはずだ。

だが、それでもいい。ようやく惚れ薬のことを打ち明けられたのだから……。

「すまない、セシリー。いろいろ訊きたいことはあるんだが……」

ジークはといえば、何やら歯切れが悪い。

不思議な反応に、セシリーは首を傾げる。

ジークは顎に手をやり、困ったような顔で続けた。

「ノラというのは、誰のことだ？」

「……え？」

「俺には、そんな名前の知り合いは居ないが」

セシリーはぽかんとした。

いったい、ジークは何を言っているのか。

「ノ、ノラさんはノラさんよ。ほら、あの崖の上に立って、こっちを見てる女の人！」

より正しく言えば、ノラは顎が外れそうなくらい口を開き、こちらを呆然と見上げていたりするのだが。

セシリーの言葉を理解したのか、スノウが低空飛行をして崖に寄る。ジークは崖のあたりを目を細めて見やり、しばらく考えるような顔をしたが、やはり首を横に振った。

「いや、見覚えもないな」

「うそ、そんな」

「なぁセシリー。俺が、かわいい恋人に嘘を吐くと思う？」

急にジークの整った顔が間近に迫ってきて、セシリーは甘く震えた。

「お、思わないけど……！」

「そうだろう。つまりあれは知らない人だ。俺にとっては赤の他人だな」

（そ、そんなことある？）

予想外の展開に、セシリーはぽかんとするしかない。

「――いやー、ちょくちょく居るんだよねぇ。ジークに親切にされて、自分は特別なんだって勘違いしちゃう人が」

人の神経を逆なでするような声が聞こえ、セシリーとジークが揃って目を向けると、ノラや男たちが聖空騎士団によって捕らえられていた。

シリルの背中に乗っているロロの姿もある。あのあと、無事に騎士団に見つけてもらったようだ。

「はっ、離しなさい無礼者！」

きぃきぃと喚きながら、ノラがアルフォンスを睨みつける。アルフォンスは飄々と、その視線を受け止めるだけだ。

「殺人未遂の現行犯を離せるわけないでしょ、マニアン家のご令嬢」

「私はジークの恋人なのよ！　今すぐ離しなさい！」

「残念だけど、オレたちの団長はそんなどうしようもない浮気者じゃないんだよ。というわけで連行しまーす」

「やめなさいっ。ジーク、助けて！　ジーク！」

ノラに呼びかけられたジークは、仇敵を見るかのように鋭く目を細めた。

目が合っただけで、ノラは顔を紅潮させる。だがそんな彼女に投げかけられたのは、一切の温度がない冷たい声だった。

「どこの誰だか知らないが、よくも俺のセシリーを傷つけてくれたな」

「な、何を言ってるのよジーク。私は……」

「気安く呼ばないでくれ。吐き気がする」

「なっ――」

「はいはい、言いたいことは牢屋の中で言ってね、っと」

まだノラは大騒ぎしていたが、アルフォンスはそんな彼女を連れていく。

そんな一行をセシリーは、口を半開きにして見送った。

まさか、ノラとジークに面識すらなかったなんて。

（あの階段で初恋に落ちたうんぬんかんぬんは、ノラさんの妄想だった……ってこと？）

おそらく、ジークがノラを助けた出来事自体は事実なのだろう。町の人に親切に接していたというジークだから、王城で階段から落ちそうになった令嬢が居たなら手を差し伸べたはずだ。

だがジークにとっては騎士として当然の行為をしただけで、ありふれた出来事でしかなかった。

だからノラのことを記憶していなかったのだ。

（じゃあわたしは、ジークを好きなままでもいいの？）

そんな都合の良い考えを、セシリーは打ち消す。

（でも、結局わたしはジークに惚れ薬を盛ってしまったんだから……）

「許さないぞ、セシリー」

「……えっ」

セシリーはびくりと震えた。

まるでセシリーの心の声が聞こえたようなタイミングだった。

もちろん、ジークにはセシリーを恨む権利がある。そう付け足そうとしたときだ。

「今さら俺の傍を離れるなんて、許さないからな」

「ジーク……？」

力強い手に、さらに強く抱き寄せられる。

ジークの声音に、怒りの色はなかった。むしろセシリーを求めて止まない、切実な響きだけがそこにあった。

「もうセシリーの居ない日々なんて、考えられない。そんな哀れな男を、君は裏切るのか？」

「で、でも……」

セシリーだって、ジークの言葉を信じたい。

だが、どうしても頷けない。すべての言動は、惚れ薬がジークの意思を歪めた結果だからだ。

ジークはもどかしそうに眉間に皺を寄せると、セシリーの亜麻色の髪を撫でた。

「帰ってきたら話したいことがあるって、言ったろう？」

「う、うん」

セシリー自身は、惚れ薬のことをジークに打ち明けた。だがジークのほうも、話したいことがあると口にしていたのだ。

「だけど今のセシリーは、俺の言葉は信じられないかもしれないから……信用できる人を連れてきたんだ」

（信用できる人？）

「それって――いたっ」

痛みが走り、セシリーはとっさに頭をおさえた。

「！　セシリー、怪我をしてるのか？」

「へ、平気。大したことないの」

そんなことより、とセシリーははにかむ。

見る限り、ジークは身体のどこにも傷を負っていないようだ。

自分の傷などどうでもいい。それこそセシリーにとって、何よりの朗報だった。

「ジークがどこも怪我してなくて、良かった。おかえりなさい」

ジークが息を呑む。

「――ただいま、俺のセシリー」

セシリーの頬に、耐えかねたようにジークが口づける。

優しい感触を落としたジークは、少しだけ顔を離すと。

「雪花の宮に戻って、すぐに手当てをしよう。……セシリー？」

「……ねぇ、ジーク」

「女の人にもてないって、嘘でしょ」

「なんだ」

絶対に、嘘だ。

不機嫌そうに見上げるセシリーの頬は、林檎のように赤くなっている。

ジークが笑って肩を竦めた。

「俺がセシリーに、嘘を吐くはずないだろう？」

ジークの指示に従い、スノウが王城の方角へと向かう。

景色を見るに、どうやらセシリーが連れてこられていたのは王都近くの森の中で間違いなかったようだ。

王城の尖塔が遠く見えてきたかと思えば、数秒後にはスノウは飛竜の飼育地帯まで戻ってきていた。

しばらく上空を旋回してから、芝生に舞い降りる。

セシリーはジークの手を借りて、ゆっくりと柔らかな芝生の上に降り立った。

そこに、セシリーを呼ぶ声が聞こえてきた。

「セシリー！」

顔を向けると、誰か、こちらに向かって大きく手を振っている人が居る。

「あれって……」

セシリーは目を凝らす。雪花の宮の前には、シャルロッテやマリア、それに彼女たちと一緒に、とある女性の姿があったのだ。

鮮やかな赤い髪に、燃え上がるような赤の瞳。

陶器のように白い肌。整った目鼻立ちに、スリムなのに豊満な体つき。

その人はセシリーに気がつくと、にっこりと妖艶に微笑んでみせた。

「やっほー。久しぶりね、セシリー」

「……ママ⁉」

愕然とするセシリーに向かって、一年ぶりに会う母——グレタは、ぱちりとウィンクしてみせたのだった。

第七話　惚れ薬の真相

A witch in love has drugged
an elite knight with a
love potion.

硬直するセシリーを上から下まで眺めて、まぁとグレタは嬉しそうに笑う。

「セシリーったら、さらにかわいくなったじゃないの」

「ど、どうして急にママが」

「それは……って、頭から血が出てるじゃない。どうしたのよ」

グレタが眉をひそめる。

「これは妄想癖の激しいご令嬢に、頭を踏まれて怪我したの」

「なるほどそれなら！」

彼女は目にも止まらぬ速さで胸元に手を入れたかと思うと、小瓶を掲げた。

「セシリー、少し目をつぶっていてちょうだい」

「う、うん」

急な要求だったが、母親に言われたことなのでとりあえず言う通りにするセシリー。

グレタは小瓶の蓋を外すと、その中身である緑色の粉をセシリーの頭上へと振りかけた。

その場に居る全員が「？」マークを頭に浮かべていたが、粉を振りかけられているセシリーはといえば、明らかな変化を感じていた。

「頭の重さや、痛みがなくなってきた……！」

その言葉を聞き、何人かがどよめく。

「これは？」

「ああ、誰かに頭を踏まれたときに振りかけるとあっという間に完治する薬よ」

「汎用性に乏しい薬ですね……いや、魔獣との戦闘中であれば使える場面もあるか？」

ジークとグレタは親しげに会話をしている。

（ジークが言っていた信用できる人って、ママのことだったのね）

それにしても、二人はどこで出会ったのだろうか？

グレタを熱い眼差しで見つめるシャルロッテはといえば、両手をぎゅっと組んでいる。

「さっきも聞いたけれど、本当にこちらがセシリーのお母上だったのね。瞳の色は同じだけど、この垂れ流されるようなお色気はセシリーには皆無の武器だわ……」

わりと失礼なことを言われている気もするが、否定できないセシリーである。

絶対に褒め言葉を聞き逃さないグレタは目を細めると、色っぽく微笑んでみせた。

「あら、光栄ですわシャルロッテ殿下。もしよろしければ、あたくしのこの力……あなたに伝授してさしあげても、よろしくってよ」

「え！　そんなすさまじいお色気術を、わたくしに……!?」

「フフ。あなたがこんな武器まで手にしてしまったら、傾国の美女どころではなさそうだけどね」

そんな話をしている間に、他の団員たちがぱらぱらと戻ってくる。

その中にはアルフォンスやシリルの姿もあった。ノラや男たちを牢に入れてきた帰りのようだ。

「それじゃあ、本題に移ろう」

こほん、とジークが咳払いをし、セシリーに目を向ける。

「セシリー。実はグレタさんに会ったのは、任務を終えて補給で立ち寄った村でのことなんだ」

彼は簡単に説明してくれた。

補給の最中、グレタに話しかけられ、自分をセシリーの居る雪花の宮まで送り届けてくれないか、と頼まれたのだそうだ。

「え？　どうしてママは、わたしの居場所を知ってたの？」

何か、追跡に役立つ魔女の薬でもあるのだろうか？

しかしグレタが口にしたのは意外な言葉だった。

「ロロが教えてくれたからよ。簡単な魔法を使って、定期的にセシリーの現状を報告してくれていたの。これは放っておけないなと思って、あたくし慌てて里を飛び出してきちゃったわ」

「……え？　ロロが？　ロロはふつうの猫じゃない」

シリルの肩に乗って戻ってきてから、ロロはずっとグレタの足に頬擦りをしている。

ふぅ、とグレタがやはり無駄に艶っぽく溜め息を吐いている。

「あのね、魔女がただの黒猫を飼っているわけないでしょう。ロロは魔獣の一種だから、魔力が使えるのよ」

「ロ、ロロが魔獣？」

驚いて見下ろすが、黒猫はこちらを見もしない。

「でもわたしには、『ニャア』とか『ミャア』しか言わないんだけど！」

「それは、セシリーが未熟だからじゃない？」

あっさりと言われ、セシリーは衝撃を受けた。

（あれ？　だとするとロロって、いつもわたしの言葉の意味を正確に理解しつつ、ただの猫を演じて分からない振りをしてたんじゃ……）

セシリーが隠された真相に辿り着きかけていると、グレタがじっとりとした目を向けてくる。

「内気な子だとは思ってたけど、まさか一年近くも森の奥で生活するとは思わなかったわよ……」

「ううっ」

旅などしないで掟をやり過ごそうとしたことは、すべてグレタに筒抜けだったのだ。セシリーはもじもじした。

「あ、あれはその、並々ならぬ事情あってのことで」

「はいはい、分かったわ。それでロロによればセシリー、惚れ薬を作ったんでしょ？」

セシリーは全身を震わせる。

「惚れ薬？」

「惚れ薬ってなんのことだ？」

団員たちは何事かと顔を見合わせてざわめいている。彼らの困惑などどこ吹く風で、グレタは何度も頷いている。

「惚れ薬だけはあり得ない、人道に反しているだとか反抗してたのに、やっぱりあたくしの娘よねぇ、そりゃあ作っちゃうわよねぇ」

人前で弄られる恥ずかしさのあまり、セシリーは飛び出した。

「もう！　やめてよママ！」

グレタを羽交い締めにしようとするが、無駄に力の強いグレタに逆に背後を取られてしまう。

「で、惚れ薬を飲ませた相手って誰なの？　ママに教えてよ、してみたかったの、娘とこ・い・バ・ナ！」

「いだだだだ！　ギブギブギブ！」

「セシリー！」

手首を容赦なく捻られてセシリーが悲鳴を上げると、ジークが近づいてきた。

「やめてくださいお義母さん！　セシリーが痛がってます！」

「そう言われてもぉ……って、お義母さん？」

グレタが動きを止める。

ようやく解放されたセシリーはジークに抱き留められる。すっかり怯(おび)えたセシリーはされるがままだ。

「もう大丈夫だセシリー。俺が守るから」

「うぅう……」

シクシクと人目も気にせず泣き出すセシリーを、ここぞとばかりに情熱的に抱きしめるジーク。

そんな二人を、どこか不思議そうな顔でグレタはまじまじと見つめている。

「……んん～？」

グレタは目を細めて、じぃーっと二人を睨(にら)みつける。

あまりにも視線の圧が強すぎて、シクシクしていたセシリーも無視できなくなってきた。というか、ちょっとだけ我に返って照れてきていた。

親に男性とイチャつく姿をガン見されるというのは、なかなか勇気のいることなのだ。グレタ本人は、娘の目があるにも構わず父とイチャイチャしまくっていたが……。

「ママ、何か言いたいことでもあるの？」

「セシリー。あなた本当に、惚れ薬を作ったのよね？」

躊躇いがちに、セシリーは頷く。

「じゃあ、惚れ薬は誰に飲ませたの？」

「飲ませたっていうか、勝手に飲んじゃったっていうか……」

「はっきり言わなきゃ、お口のびのびよ！」

「ひぃっ」

セシリーの唇に、グレタが指を伸ばしたときである。

さっとセシリーを抱きしめたまま器用に攻撃を躱したジークが、グレタを見据えた。

「やめてくださいお義母さん。セシリーの唇は、俺に塞がれるためにあるんです！」

（そうなの⁉）

無論そんなことはない。

セシリーは照れながらもジークの腕から離れ、正直に口にした。

「二十日くらい前に、ジークに惚れ薬を飲ませちゃったの。飲ませたというか、わたしは捨てるつもりだったんだけど、お酒だと勘違いしたジークがもったいないって言って飲み干して、それから様子がおかしくなっちゃって……」

きっとセシリーの行為について、誰もが責め立てることだろう。

そう思いながら暗い面持ちで事実を話すセシリーだったが、どちらかというとその場の注目はジークへと流れていた。

「団長の下半身って、けっこう馬鹿だったのね！」

「アハハ。ジークってすげー馬鹿だったんだねぇ」

「アル、お前には宿舎の清掃を命じる」

「一緒にがんばりましょうね、シャルロッテ殿下」

「なんでわたくしも巻き込んでるのよ！」

（あれ？　どちらかというと、ジークが馬鹿だなって流れに……？）

「へぇ、二十日前に。じゃあ惚れ薬を飲ませたとしても、とっくに効果は切れてるのね」

しかし、そんなことに気を取られている場合ではなかった。

至極あっさりと、とんでもないことをグレタが言ってのけたからだ。

「……え？　ママ、今なんて？」

「だからジークくんが惚れ薬を飲んでいたとしても、とっくに効果は切れてるって話よ」

セシリーはグレタを見つめたまま、微動だにせずにいた。その間もグレタは歌うように軽やかに唇を動かしている。

「そんな何年も効くようなものじゃないわよぉ。ダーリンに使ったあたくしの惚れ薬なんて、必死に作ったのに三日間くらいしか保たなかったわ」

「み、三日？」

「そうよ。三日間のお遊びのつもりだったのに、もともと好きでした、結婚してくださいなんて迫られて困ったんだから。うふふ、今じゃあたくしもダーリンに夢中だけどね」

「まぁ、とっても情熱的！」

ぽぽっとシャルロッテが頬を赤らめている。

だがセシリーの混乱は深い。初めて聞く両親の馴れ初めにわくわくしている余裕などなかった。

（ど、どういうこと……？）

グレタの言うことが本当だとすると、セシリーの作った惚れ薬の効果はとっくの昔に切れているということになる。

セシリーは思わず、グレタの後ろできょとんとしているジークに視線を移す。

目が合うと、ジークは軽く微笑み、首を傾げてみせた。何か言いたいことがあるのか、と優しく問うように。

（すっ――――！）

頭の中が一気にピンク色に染まる前に、セシリーはグレタへとどうにか視線を戻した。

やはり惚れ薬の効果は出ている。そうとしか思えない。そうでなければ生真面目で堅い印象だったジークの、隠そうともしない好意にあふれた言動に説明がつかないではないか。

「ちなみに惚れ薬って、あたくしのレシピ通りに作ったの？」

「もちろん」

意気揚々と頷いてから、セシリーはふと思い出す。

「そういえばカエルの生き血だとかトカゲの尻尾だとかは、何か他のもので代用した気もするけど……」

「他のものって？」

ううん、とセシリーは曖昧な記憶を辿る。

「畑で育ててたトマトとか、ごぼうとかだったかな……」

「…………」

グレタは微笑んだまま沈黙する。

「それで惚れ薬ができるわけないじゃない」

まともなツッコミだった。

「で……できないの⁉」

セシリーはわなわなと震える。当時は完成したと大いに喜んだのだが、まさかトマトやごぼうではだめだったなんて。それなら最初からそう書いておいてほしいものだ。

「この子ったらダーリンに似ておバカなんだから……でもそんなところもかわいいわ。さすがあたくしの娘」

グレタが頭を撫でてくる。懐かしい感触に、セシリーはちょっぴり幸せな気持ちになった。

「セシリー。せっかくだから思い出せる範囲で、調合に使った材料を教えてくれる？」

「う、うん。分かった。えっとね……」

頷いたセシリーは記憶を辿り、ごにょごにょとグレタの耳元に囁いた。

「え？　そんなものを混ぜたの？　なんてむごいことを……！」

などとグレタからは顰蹙を買い、その呟きを拾ったジークからは微妙な目で見られたが、無事に説明を終える。

「なるほど……ようやく分かったわ」

「グレタさん。結局、セシリーちゃんはジークにいったい何を飲ませたんですか？　ごぼうトマトジュース？」

アルフォンスの問いかけを受け、グレタがジークを見やる。

食い入るように見つめられてジークはどこか居心地が悪そうだ。

「まず、まったく惚れ薬ではないわね。セシリーが作ったのは……」

顎に色っぽく人差し指を当てて、グレタが言い放つ。

「――『飲ませた相手に対して、とんでもなく素直になる薬』よ」

「………へっ？」

「言い換えると、自白剤。昔は犯罪者によく飲ませていたって記録を見たことがあるわ。あまりのまずさでお腹を壊す者が続出したことから、禁忌のレシピとして闇に葬られたものだけど……」

その場に居る全員が、目を点にする。

だがジークだけは、うんうんと頷いている。そうだろうなと言いたげに。

しばし呆然としていたセシリーだが、どうにか気力を奮い立たせてグレタに訊ねる。

「で、でもおかしいわママ。わたし、ジークとはほとんど初対面みたいなものだったけど、薬を飲んだとたんに『かわいい』って連呼されたし、付き合ってって言われたの！　これって惚れ薬が効いてたってことでしょ？」

もしもジークが飲んだのが『素直になる薬』だったのならば、セシリーを口説いたり、付き合ってくれなどと言うわけがない。

「そのときにはジークくんは、とっくにセシリーに惚れていたんじゃないの？」

（えええっ？）

セシリーはあの頃の、今や懐かしのジークの態度を思い出す。

武骨でぶっきらぼうだが、誠実な人柄。女子どもに怯えられるのだと寂しげにしていた顔つき。

悪い印象はまったくなかったものの、出会った頃のジークは朴訥としていて、セシリーのことを特別視しているような様子は感じられなかった。

「いや、そんな感じじゃなかったけど……」

「あたくしに聞かないで、本人が居るんだから直接聞いたらいいじゃないの。ねぇどうなのジークくん。出会った頃、セシリーのことどう思っていたの？」

しばらくジークは答えなかった。

だが、得体の知れないものを飲まされたからとセシリーに怒っているわけではないのだろう。というのもジークの褐色の瞳は、とっくにセシリーのことを見つめていた。

さすがにもう抱き合ってはいないが、至近距離で見つめ合う二人に、シャルロッテが頬を染めている。

いつキスするのかしらとそわそわしているのだが、繰り出されたのはキスではなくひとつの告白だった。

「出会った日から、俺は彼女をかわいいと思っていました」

セシリーはといえば、驚きのあまりあんぐりと口を開けている。

ジークもそこで黙ってしまったので、見かねたアルフォンスが挙手をした。

「セシリーちゃん、この話は本当だよ。オレが保証する」

理由を問う視線を受けたアルフォンスは、「実はね」と頬をかいた。

「ジークとセシリーちゃんが雑貨屋で会った日の翌日、オレは食堂でジークとこんな話をしたんだよ」

そうしてアルフォンスは語り出す。

それは、セシリーの知っている――しかし、途中までしか知らない話だった。

寂れた食堂の一角である。
「気をつけてねジーク。魔女は怪しい魔法薬で、人の心すら操るって言うじゃないか。君ほどの男

でも、薬を使われたら一溜まりもないだろう」

魔女の少女を助けたというジークに、アルフォンスはそう忠告していた。

爵位を金で買った商家の三男であるジークと、由緒正しき伯爵家の三男であるアルフォンス。同じ三男坊といっても、その立場は似て非なるものだ。

甘いマスクの持ち主であるアルフォンスは、女性との浮いた噂に事欠かない。

優秀だが不真面目な男として知られるアルフォンスを聖空騎士団に推薦したのは、彼の扱いに手を焼いた父親だった。厳しいと噂の騎士団に入団すれば、問題児の三男が心変わりするかもしれないと期待したのだ。

しかし当初、新人の中でもエースとして知られていたジークと、男だらけの騎士団にうんざりしていたアルフォンスは水と油のように反発し合った。顔を合わせれば言い争い、周りがげっそりとするほどの喧嘩を繰り返した。

そんな関係が変化していったのは、ジークが他人よりもずっと自分に厳しい男であり、アルフォンスがふざけたようで鋭い嗅覚を持ち合わせた男であることを、長い年月の中で二人が知っていったからであろう。

いけ好かない男は好敵手へと変わり、気の置けない友人となり、今では背中を預けられる仲間となった。

今では、名高き聖空騎士団の団長と副団長にまで上り詰めたのだった。

（そんなジークが、魔女に心奪われるなんてオレはごめんだから）

朴念仁なジークを守ってやらねばと、アルフォンスは燃えていた。

「ああ、肝に銘じよう」

ジークの返事は淡々としたもので、アルフォンスはほっとした。

だが、胸を撫で下ろすのは早かった。

「操られるまでもなく、俺は彼女に惹（ひ）かれてしまっているからな」

「…………ン？」

聞き間違いだろうか。

アルフォンスは笑顔のまま、首を傾げた。

「アハハ、耳が遠くなったかな。君の声がよく聞こえなかった」

「だから、操られるまでもなく俺は彼女に惹かれているんだ」

「……え？　本当？　それ、本当の話？」

「嘘（うそ）を吐く理由がないだろう」

堂々と言い切られて、アルフォンスの思考は停止する。

「いや、でも、簡単には信じられないよ。あのジーク・シュタインが、女の子に惹かれただなんて」

「そうだな。俺はいつだって引かれるほうだ」

ジークというのは良い男だ。昨日のように警邏（けいら）の手が足りないと耳に挟めば、率先して町へと出向いて、疲労など見せずに働いている。

だがそんな優しさや正義感と、彼の容姿は悲しいほどにミスマッチしている。

大荷物を背負っている老婆はジークに手を差し出されれば悲鳴を上げて逃げ出すし、赤子をあやす母親さえ泣き出すし、迷子は憲兵隊に這って助けを求める。

アルフォンスはそんなジークをおもしろがってからかうが、本心ではむかついていた。

誰も、ジークの内側を見ようとしない。彼の本質を知ろうともせずに、一方的なイメージだけを押しつける。

だが、ほんのりと口元を緩ませてジークは言うのだ。

「彼女は、俺を怖がらなかったんだ」

「……そうなの?」

「助けたあと、店の外まで追いかけてきてな……かと思えば、急に泣き出してしまって」

「それ、怖がられてない?」

怖々とアルフォンスは確認したが、ジークは首を振った。

「俺も最初はそう思った。だが、たぶん違う。彼女はきっと安心していたんだ。俺はその、安心したような泣き顔を見て……彼女には申し訳ないが、少し嬉しかった」

「へぇ……」

気がつけば身を乗り出して、アルフォンスは訊いていた。

「それがきっかけで、惚れちゃったの?」

「……そう、らしい。自分でも単純だとは思うが」

「まぁ、恋愛なんてそんなものなんじゃない?」

アルフォンスは肩を竦める。

自分にも、実は気になる子は居る。だが、なかなかうまくアプローチできず四苦八苦している。他の女性相手ならば、緊張を覚えることなどないのに。

(ジークは、初めて好きな人ができたんだ)

いつでもひたむきで真面目な男だから、きっと好きな相手にも暑苦しいくらい全力投球に違いない。

それならアルフォンスにできることは、余計な口を挟まずに応援してやり――ときどきは、からかってやることだろう。

「そっか、ようやく分かった。その子に会いたいがために、聖空騎士団長は今日も町に出てきたわけだ」

「……うるさい」

ジークは鼻を鳴らし、冷えた水が入ったグラスを持ち上げた。

「……とまぁ、こんな感じだったかな。アハハ、改めて言うとなんか照れくさいけど」
ケラケラと笑うアルフォンスの説明に耳を傾けていたセシリーは、呆然としていた。
(あの台詞の続きに、そんな会話があったなんて……)

ショックで茫然自失としていたセシリーの耳には、まったく聞こえていなかったのだ。

それまで黙っていたジークが、ぼそぼそとした声で言う。

「その日は会えないままでしたが、次の日になって偶然セシリーと再会して、食事に誘われたときは本当に心が弾みました。舞い上がってしまって、きっと見苦しかったでしょうが……プレゼントまで持ってきてくれたと聞いて、嬉しくて堪らなくなりました。それで、セシリーが止めるのにも構わず、瓶の中身を飲み干してしまって」

心弾んだ、舞い上がった、などは初耳ではあるが、それはセシリーも知っている通りだ。

そこでジークは説明をやめ、ちらりとセシリーを見る。

「でもあの赤色の液体を飲んで、一気に視界が開けたような気がしたんだ」

「え……」

「セシリーが作った、素直になる薬。あれを飲んでから、俺は不思議なくらい心がすっと楽になるのを感じた。セシリーのことをかわいいと思えば、かわいいとすんなり言葉が出てきて……本音をそのまま口に出せるのが、本当に嬉しかった」

まさかセシリーが自責の念に駆られる裏で、ジークがそんな風に思っていたとは。

「うーん。でも素直になったからって、あんな砂糖菓子みたいな言葉が次から次へと吐けるものなのかな」

「そうよね。アルフォンスの下半身じゃないんだから」

「シャルロッテ殿下の言う通りだよ。オレの下半身じゃないんだから」

勢いで肯定するアルフォンスは、女性陣のドン引きに気がついていない。

「結局、あのセシリーちゃんを愛(め)でる豊富な語彙はどこから出てきたわけ？」

「副団長、それなら僕に心当たりがあります」

「なんだよシリル」

眼鏡を光らせたシリルが、懐から一冊の本を取り出した。

「これは僕が書いたロマンス小説、『王子殿下の無自覚な溺愛(できあい)』です」

「えっ、うそうそうそ、作者のシリ・ルー⁉」

「はい。シリ・ルーです」

「い、いつも作品読んでます！　ファンです！」

目を輝かせるシャルロッテに、シリルことシリ・ルーが「ありがとうございます」と照れくさそうに頭を下げる。

「それでこの作品もそうですが、僕は自分が書いたロマンス小説を団長に読んでもらっていました。団長がセシリーさんに囁く愛の言葉は、小説内で僕が書いた台詞にちょっと似ている気がします！」

「えっ、お前の書く小説ってロマンス小説だったの？」

「ガッチガチのラブロマンス小説です！」

「シリ・ルー先生、今度サインもらえますか⁉」

「もちろんですシャルロッテ殿下。草稿のほうも読んでいただけたらありがたいです」

「読む！　読みます！」

いつの間にかシャルロッテがシリルのことを先生呼びしている。

「ねね、セシリーも一緒に読みましょうよ。シリ・ルー先生の作品、すっごくおもしろいのよ」

「でもわたし、基本的に絵本か童話しか読んだことがなくて……」

セシリーは戸惑いを隠せずにいた。というのもシリルが掲げる本には、今までセシリーが読んできた幼児向け作品とは何か一線を画した雰囲気があったのだ。

「大丈夫！　いずれみんな通る階段なの。そういうものなの！」

シャルロッテは力強くセシリーに語りかける。

「それに小説ってすごいのよ。実在する下半身は苦手なわたくしでも、ロマンス小説のヒーローたちの下半身なら怖くないのよ！」

その誘い文句で「じゃあ読もうかな」と思うのはシャルロッテくらいだろう。

控えめにセシリーは頷いた。

「そうですね。……いつか、機会があったら」

「本当⁉」

人間関係に乏しいシャルロッテは、それが「行けたら行く」の同義語だとは気づいていなかった。

大喜びして、興奮してシリルに話しかけている。

その様子を、どこか苦々しげに見ているアルフォンスにグレタが絡んで、てんやわんやの大騒ぎになっていた。

誰の注目もない中、セシリーは考える。

ジークが飲んでしまったのは、惚れ薬ではなかったことが判明した。彼はただ、思った通りのことをセシリーに伝えてくれていた。

だとしたら――。

「わたしは、ジークのことが好きなままでいいの？」

「うん」

返事を求めていたわけではなかったけれど、彼だけは消え入りそうな呟きを聞き逃さなかった。

ジークが、セシリーの手を握る。

「だから、もう一回言ってくれるか？」

張り詰めていた糸が、少しずつ緩んでいくような気がした。

セシリーは隣に立つその人を見上げて、頷いた。

何度も伝えてもらったのに一度も返せなかった本物の気持ちを、ようやく口にする。

「あのね。好きよ、ジーク」

涙を浮かべて告げれば、薄い唇が微笑んだ。

「俺もだ」

初めてのキスは、心を溶かすように温かかった。

エピローグ 惚れ薬の真相（裏）

A witch in love has drugged
an elite knight with a
love potion.

それから数時間後のこと。

セシリーは雪花の宮の一室に居た。

というのも聖空騎士団は、北の山脈から帰ってきたばかりだ。

まずは王城への任務完了の報告があるし、魔獣との戦闘や移動、野営による疲労も溜まっている。

話し込むより休息の時間が必要だったのだ。

報告を終えたジークは汗を洗い流してくると言い、浴場でシャワーを浴びている。

そんなジークを、セシリーは今か今かと待ちわびている。

（二人きりで話したいことがある、って言ってたけど……）

もはやジークの居ない一分一秒が、セシリーにとっては永遠に等しい。

静寂の中、ノックの音が響く。

顔を上げてドアの前に駆けつけると、ジークが姿を現した。

「こんな格好で悪いな」

「う、ううん」

セシリーはなんでもないように両手を振ったが、服の下の心臓は興奮状態にあった。

タオルで拭ききれておらず濡れそぼった髪。湯上がりだからか、その頬も紅潮している。

暑いのだろう、前が開けられた白いシャツ。普段は服にほとんど隠されている鎖骨、胸板、胸筋
が一目散に襲いかかってきて、セシリーはクラクラしてしまう。

（か、格好良い……っっ）

水も滴る良い男、とはよく言ったものだ。

最初に言い出した人は誰だろうか。ほんとそれ、と思うばかりのセシリーである。

顔を真っ赤にしたセシリーにジークは微笑むと、後ろ手にドアを閉じた。

ベッドに腰かけるジークから、少し離れてセシリーは座る。

しばらく、お互いに黙ったままでいた。セシリーはその間も、何度か横目でちらちらとジークの様子を確認する。

正しくは――その、薄い唇を。

（わ、わたし、ジークとキスしちゃったんだ……っ）

おとぎ話の最後は、必ずお姫様と王子様は幸せなキスをする。それがお約束というやつだ。

まるで物語の中で落とされるような優しい口づけは、セシリーの胸をときめかせるにじゅうぶんなものだった。あのまま倒れなかった自分を褒めてあげたいくらいだ。

――想いは通じ合ったけれど、ジークが話したいこととはなんなのか。

緊張するセシリーに、ジークは静かな声で切り出した。

「……セシリーは、俺に惚れ薬を飲ませようとしたんだよな」

「！」

正しくは薬というより、トマトごぼうジュース（細かく刻んだ麻縄入り）だが、セシリーがジークにそれを飲ませようとした事実は変わらない。

「ごめんなさい、ジーク」

彼に向かって、セシリーは頭を下げた。

本当はもっと早く、ノラでも誰でもなくジークに謝罪するべきだったのだ。

(飲ませたのが惚れ薬じゃないとしても……わたしがそれをジークに飲ませようとした事実は変わらないもの)

「セシリー、顔を上げてくれ。責めたいわけじゃなくて……俺は、セシリーのことをすごいと思ってる」

「わたしが……すごい?」

顔を上げたセシリーは首を捻る。

どういうことかと続きを促すと、ジークは膝に手を置いた。

「セシリーはもともと、俺に薬を飲ませようと思って、勇気を出して食事に誘ってくれたんだよな。だけど俺は違う。セシリーにまた会えたらいいなと思ってはいたけど、食事に誘おうなんて考えもしていなかった」

「…………」

「俺たちの今の関係は、すべてセシリーのおかげで成り立っているんだ。もし素直になる薬を飲んでいなかったら、俺は自分の気持ちを伝えることなんてできなかった。かわいいとか、好きとか、思っても胸の奥底に仕舞うだけで終わっていたと思うんだ」

初めて明かされる、ジークの胸の内。

その赤裸々な告白を舌の上に乗せるのに、彼はどれほどの勇気を振り絞ったのだろうか。

愛おしさが込み上げてきて、膝の上に置かれた手に、セシリーはそっと自分の手を乗せた。入浴後だからか、熱い手だった。

「それは……それは、わたしだって同じ」

「セシリー?」

「こんな言い方、ジークは怒るかもしれないけど……もしもジークがあの日、何も言ってくれなかったら、わたしもやっぱり何も言えずに終わっていたと思うから」

ジークが柔らかな笑みをこぼした。

「じゃあ、あの薬は、俺たちにとってきっと必要なものだったんだな」

触れたままだった手を、ぎゅっと握ってくれる。

「でも、やっぱり情けないな。魔法薬の力を借りないと、思ったことも正直に言えない男なんて」

「そんなこと……」

「もしも今後、薬の効果が切れたらと思うと……怖くなるんだ。セシリーは、言葉足らずな俺なんかいやだろう?」

素直になる薬の効果がいつまで続くのか。それは依然として分からないままだ。

明日か、明後日か。それとも数秒後には切れてしまうのか。

けれど、セシリーは緩く首を振った。

「今までジークが伝えてくれた言葉は、わたしにとって宝物よ。……だけど、それだけじゃない。優しいジークが、わたしは好きなの」

確かに出会ってから今まで、ジークの熱っぽい言葉や行動にドキドキして、翻弄されてきた。

けれどそれだけで、セシリーは人を好きになったりはしない。

もしもこれから、ジークが無口な人になっても構わない。ときどき、かわいいや好きの言葉を彼が一生懸命に言ってくれるのならば、それを花束のように集めて大切にできると思うから。

「ジークがお喋(しゃべ)りじゃなくなるなら、そのぶんわたしがたくさん話しかけるわ。おはようも好きもおやすみも言うわ。毎日たくさん言う。だからジークに自分を責めないでほしいの。素直に言葉が出ないのはあなたのせいじゃない、もう自分を嫌ったりしないで」

ジークの褐色の瞳が揺れる。

「セシリ――」

すると唐突に、窓からバアアァン！　とけたたましい音がした。

「ぎゃあああ!?」

良い雰囲気をブチ壊しにする、鳥でも体当たりしたような音である。

悲鳴を上げたセシリーは反射的にジークにしがみついた。

「なっ、なな、何事っ？」

怯(おび)えるセシリーの耳に、窓の外から何やら女性の声が聞こえてくる。

「セシリー！　恋人同士の語らい中に美しい女が割り込んでごめんなさいね！」

「ママ!?」

なんとグレタだった。

カーテン越しに見える凹凸のある魅惑的なシルエットが、早口で話し出す。

「そういえば大事なことを言い忘れたなと思ってたのよ。あなたが作った『飲ませた相手に対して、とんでもなく素直になる薬』なんだけど……飲ませて半日くらいで効果は切れたと思うわ！」

「……はい⁉」

「もともと自白に使う薬だから、当然だけどね。それじゃあ、ごゆっくり～」

グレタのシルエットが遠ざかっていく。そもそもここは二階なのだが……。

取り残された二人は見つめ合った。

唖然（あぜん）としているセシリーに対し、なぜだかジークは楽しそうだ。

セシリーは怪しい雰囲気が流れているのを察知して、牽制（けんせい）するように両手を前に出した。

「ちょ、ちょっと待って。つまり食事に行った次の日のジークは、もうただのジークだったの？惚れ薬どころか、素直になる薬の影響もない？」

「言われてみれば、そうだったかもしれない。素直になる薬を飲んだのをきっかけに、率直に言葉が出てくるようになったのは本当なんだが」

（そうなると、今までのジークの言葉は……）

何やら、とんでもない真実が見えてきたような――。

考え込むセシリーの手を、ジークが取る。

敏感な手のひらに、彼がキスを落とした。

「んっ」

びくんっ、とセシリーの肩が震える。

視線でやめてほしいと訴えるのに、ジークの熱い唇は、手のひらをつつっと辿り、指の付け根にそれぞれ唇を落としていく。

まるでセシリーの隅々まで愛さないと、気が済まないというように。

そんな熱っぽい愛撫に、セシリーの呼吸は絶え絶えになってしまう。

「だ、だめ、ジーク」

「どうして？」

「わたし、い、今まで絵本で育てられてきたの。ふ、ふつうのキス以上は知らないのっ！」

ロマンチックであどけないキス。それがセシリーにとって幸せの頂点である。

それなのにジークが触れるたび、身体がぞわぞわする。こんなのは、絵本には書いていなかったことなのに。

「俺も知らない。……だけど、セシリーと一緒に知っていきたい」

「そ、そう言われても……うひゃっ」

頬を、ジークの手が撫でる。

それだけでセシリーの背中には鳥肌が立って、あられもない声を上げてしまう。

怖いような、逃げ出したいような。

それなのに全身が痺れたようになって、動けない。

魅入られたように硬直するセシリーの亜麻色の髪を、ジークが撫でる。彼が触れたところすべてに、神経が集中してしまうようだった。

「……つ、つ、作らなきゃ」

「作る？　何を？」

無我夢中でセシリーは叫んだ。

「積極的すぎる男の人を、控えめにする薬よ！」

呆気に取られたジークだったが、彼はくすくすと笑い出す。

「そんなものを飲ませても、きっと効果はないだろうな」

「な、なんでよ！」

ムキになるセシリーの耳元に、ジークが低く掠れた声で囁く。

「最初に言ったよな、セシリー。俺の溺愛は――〝加速〟する」

「…………っっ」

観念しろと言うように、ジークの顔がどんどん近づいてくる。そんな中、セシリーにはひとつだけ分かったことがある。

グレタはあんな風に言っていたけれど。

どんな薬だって、きっともう、自分たちには必要ないのだと。

番外編1 知らない感情

A witch in love has drugged
an elite knight with a
love potion.

シャルロッテは窓の外を見上げて、切なげな吐息を漏らしていた。

十四歳の少女のものとは思えぬ、憂いに満ちた眼差しを曇り空へと向けている。

今日はこれから一雨来そうな天気だ。山の端は霧でにじんでおり、室内の空気もどこか湿った気配がする。

しかしシャルロッテが気にしているのは、午後の天気ではない。

「惚れ薬、かぁ……」

シャルロッテが考えているのは――セシリーが作ろうとしていたという薬のことだ。

魔女の血を継ぐセシリー。彼女は自分を愛する様子のないジークに調合した薬を飲ませたという。

グレタは夫と結婚する前に一服盛ったのだそうだ。

「好きな人ができたら、惚れ薬がほしくなるのかしら？」

恋を知らないシャルロッテには、彼女たちの気持ちが分からない。

恋愛には憧れるが、男の人は怖い。それに、自分が自由に誰かと恋できるような身の上でないことも分かっている。

いざとなったらシャルロッテは政略結婚して、他国の国王か王子にでも嫁ぐことになるだろう。

別にそんな自分を不幸と思っているわけではないが、自ら幸せをつかみ取ろうと努力しているセシリーたちを見ていると、なんともいえない気持ちにさせられるのだ。

「――もしかしてシャルロッテ殿下。惚れ薬を飲ませたい相手でも居るんですか？」

「！」

シャルロッテはぎくりとする。

そういえば……すっかり忘れていたが、現在は護衛の騎士がひとりついていた。

そいつは気配を消して、壁に背中を預けて佇んでいた。

侍女は用事があって部屋を出ていて、今は二人きりだ。

最近のシャルロッテが少しだけ男性への態度を軟化させているので、侍女たちはちょっぴり気を抜いている。

それはシャルロッテも同じだった。そうでなければ、気配を消しているからといってそいつが部屋に居るのを忘れたりはしなかっただろう。

「――ぶ、無礼なことを言わないで！　下半身のくせに！」

「無礼でどうもすみませんねぇ」

へらへらと笑う男――聖空騎士団副団長アルフォンスを、シャルロッテはキッと睨みつける。

この遊び人っぽい伯爵家の三男が、シャルロッテはどうにも苦手だ。

目つきが凶悪で近寄りがたいジークは、喋ってみると案外ふつうで、セシリーのことを語る彼を見ているとシャルロッテは心がぽかぽかするのを感じた。

だが、アルフォンスの場合は違う。彼は外見通りの軽薄な男だ。

王城内で見かけると、たいていいつも違う顔の令嬢を連れ歩いている。軽薄ナンパ男は、シャルロッテにとって忌むべき下半身の筆頭といえる。

「それで？　惚れ薬がほしいなら木の上から取ってきてさしあげましょうか」

「……っ」

揶揄するようなことを言われ、シャルロッテはむむっと口の端を歪める。

子どもっぽいと言われたくないから、ピンクブロンドのウェーブがかかった髪先を引っ張って口元を隠す。そんな仕草こそ幼いのだと、本人は気がついていない。

「わ、わたくしには惚れ薬なんて必要ないわ。それに意中の相手だって居ません。もしも何かの間違いで、そういう人ができたとしても――師匠にお色気術を習えばいいし！」

つっけんどんに言い返すシャルロッテ。

ちなみに師匠とシャルロッテが呼び慕う相手はグレタである。子持ちの母親とは思えぬほどお色気むんむんなグレタに、シャルロッテは強い憧れを抱いていた。

匂い立つようなお色気――あれに憧れぬ女子は居ないだろう。

（師匠は本当にすごい人……）

セシリーと同じように、グレタも雪花の宮の客人として滞在中だ。

昨日も三人でお茶を楽しんだのだが、最近はランプス家の親子と過ごす時間が楽しくて、シャルロッテは二人が居ないと寂しくなってしまう。

「……お色気術、ですか」

アルフォンスはといえば、何やら暗い顔をしている。

いったい何が言いたいのだろうか。シャルロッテはむかむかしてくる。

いつもは聞いてもいないのに饒舌なアルフォンスだ。お喋りばかりで護衛にならないから外してくれとジークに遠回しに頼んでいるくらいだ。

しかしジークがシャルロッテを軽視しているのか、きちんと意図が伝わっていないのか、事あるごとにアルフォンスが護衛に寄越されてしまう。困ったものだとシャルロッテは思う。

長い髪をかき上げて、シャルロッテは顔を背ける。

「そ、そういう下半身こそ、惚れ薬なんて必要ないんでしょうね。あなたの場合、女子のほうから近づいてくるでしょう」

ああ、いと哀れなり。

まるで見た目ばかりは華麗な花の蜜を、一心不乱に求める蝶の群れ——アルフォンスに騙される女子たちのことを思うと、シャルロッテは涙が出てくる。

そうして涙をにじませていると、アルフォンスが珍しいものを見たように目を瞠っている。

次はなんなのだ、とシャルロッテが警戒していると。

「殿下、もしかしてやきもちですか?」

「…………は?」

「オレが女の子にもてるのが、いやなのかなって」

(はい?)

シャルロッテは死ぬ間際の魚のように、口をぱくぱくとさせる。

それはいったいどういう意味だ。

やきもち? 誰が?……シャルロッテが?

(……わたくしがやきもちを焼いている、ですって？)

もはや理解不能の戯れ言である。

「か、勘違いしないでちょうだい。わたくしはあなたに騙される可哀想な少女たちに同情しているだけよ！」

「そうですか？　てっきりオレは」

「う、うるさいうるさいうるさーい！　もういいわ、出て行ってちょうだい！　アルフォンスの下半身はいっつもうるさいの！　これならシリ・ルー先生に護衛してもらえば良かった！」

癇癪を起こしたシャルロッテはきぃきぃと喚く。

シャルロッテはおしとやかな姫君。普段はこんな風にみっともなく喚いたりはしない。だけど、なんでか、アルフォンスを前にするとシャルロッテはお猿さんもかくやというくらい取り乱してしまうのだ。

それはきっと、アルフォンスがいつもシャルロッテをからかうから――。

バン！

と頭上で壁を叩く音が響き、シャルロッテは固まった。

気がつけばシャルロッテは、壁とアルフォンスの間に挟まれてしまっている。壁を背に、追い詰められたような格好だ。

小柄なシャルロッテは、首が痛くなるくらい持ち上げないと、アルフォンスと目が合わない。

アルフォンスはこれ見よがしに溜め息を吐きながら、強い光を湛える目で、至近距離からシャルロッテを睨んでいた。

　視線が合うだけで、シャルロッテは怖くなる。男の人の上半身とこれほど近くで向き合うのは、数年ぶりのことだった。もうこれだけでシャルロッテはびっくりして、腰を抜かしそうになる。

「妬いてないと言いながら、他の男の名前を出してオレを妬かせる。……ずるい方ですね、姫殿下は」

「え……なに……」

「お色気術なんて、やめてくださいよ。これ以上ライバルを増やしたくない」

　アルフォンスのやたら色っぽい囁きの意味が、シャルロッテの頭には理解できない。

　理解できない、その結果――シャルロッテは叫んだ！


「――だ、だ、誰か来てええええっ！　下半身が暴れてるうううっ！」


　聞こえが悪すぎる悲鳴を上げるシャルロッテ。

　アルフォンスがびくりとする。その隙にさっと逃げ出したシャルロッテは、口の横に手を当ててなおも叫びまくる！

「十四歳の女の子相手に下半身んんんんんんっっっ！」

「ま、ちょっ、オレが悪かったですから！　大人げなかったですから！」

　優雅なる白亜の宮殿には、しばらく少女の悲鳴と謝る青年の声が響き渡ったという――。

番外編2

美しきグレタ先生のお色気講座

A witch in love has drugged
an elite knight with a
love potion.

「はーい、みんな集まったわね？　それじゃあ、授業を開始するわよ！」

グレタが教室を見回して、パンパンと手を叩く。

強制的に生徒として参加させられているセシリーは、小声で文句を垂れている。

「どうしてわたしまで……」

「いいじゃないの、セシリー。一緒に師匠から多くのことを学びましょうよ」

セシリーを巻き込んだ張本人であるシャルロッテが、隣の席から取り成すように言う。

今回は彼女の発案により、『グレタのお色気講座』なる講座が急遽開かれることとなった。

大量に部屋が余っている雪花の宮の一室を、まるでアカデミーの一教室のように改装し、こうして講座の舞台を整えたのだった。

赤いフレームのだて眼鏡をかけたグレタが、目を光らせる。

「みんな朝から、おしゃべりが多いみたいね。……お仕置きされたいのかしら？」

指揮棒を鞭のようにしならせ、グレタが色っぽく唇を舐める。

「す、すみません美しきグレタ先生！」

グレタはみんななどというが、そもそも生徒はシャルロッテとセシリー、それにいつの間にか紛れていたロロだけである。

（一応、後ろにマリアさんたちは控えてるけど）

シャルロッテは第五王女というやんごとない身分の人である。お色気講座、なる明らかに教育に悪い講座に参加して悪影響があってはいけないと、侍女たちが見守ることになったそうだ。

振り返るセシリーの視線に気がついたマリアが、淡く微笑む。

「セシリー様、こちらはお構いなく。私たちのことは授業参観に来たマダムたちとでも思ってください」

「あ、はい……」

（シャルロッテ様のマダム、三十人くらい居るけど……）

グレタがこほんと咳払いをする。

「ではシャルロッテさん、号令をお願いできるかしら？」

「はい！　それじゃあ起立、礼――」

「ノンノンノン！」

立ち上がり、礼をしようとしたセシリーとシャルロッテだが、グレタはチッチッチ、と指示棒を振りたくる。

「シャルロッテさん、これはアカデミーの授業じゃなくてお色気講座なのよ。起立、礼、着席……この三動作にも、たっぷりとお色気を含んでいきましょう」

「ええっ！　そんなことができるんですか、美しきグレタ先生！」

「もちろんよ。好きな人の前での起立、礼、着席は、無限の可能性を秘めているから！」

名前の時点でいやな予感はしていたが、セシリーの想像以上に面倒な講座になりそうである。

教壇を下りて生徒たちの椅子の前までやって来たグレタが、セシリーの椅子を使ってまず見本を見せる。

「まず起立ね。起立は、こうよ……あっ」

立ち上がろうとしたグレタが、急に立ちくらみを覚えたようによろける。

（危ない！）

すぐ横に立っていたセシリーは、焦って手を差し伸べた。まるでグレタを抱きしめるような格好になる。

「マ、ママ？　大丈夫⁉」

「……こうやって上手にふらつき、意中の人の手を借りるのが正解です」

ぺろっとグレタが舌を出す。

（演技だった！）

セシリーとしたことが、うっかり騙されて手を貸してしまった。無性に悔しい。

「ちなみに心配する男性に向かって、うん、平気、と上目遣いで弱々しく微笑むのも、とってもポイントが高いわよ！」

「なるほど！」

シャルロッテは感心したように、ノートにメモを取っている。

セシリーがじっとりとした目を向けていると、「ごめんごめん」と笑いながらグレタが少し離れた。

「ありがとう、セシリー。助けてくれて嬉しかったわ」

珍しく殊勝なことを言って、グレタが頭を下げる。

そんな風にしおらしくされると、セシリーも頭ごなしに怒ることはできなくなる。

「まぁ、いいけど……」

「許してくれるの？　優しいわね」

ゆっくりと頭を上げたグレタの右肩に、髪が垂れている。

それに気がついたグレタは目を伏せると、左手をそうっと伸ばし、右肩に流れていた髪の毛を耳へとかける！

「――これが、礼。魅惑の礼よ」

「勉強になります！」

シャルロッテは拍手でもせんばかりの勢いだ。

また利用されたセシリーは愕然(がくぜん)とする。

「そして、最後に着席は――」

ちろり、と怪しい流し目で、グレタがセシリーとシャルロッテを眺める。

母がものすごい問題発言を繰り出すような予感がして、セシリーはすかさず止めに入った。

「ママ！」

「授業中は美しきグレタ先生とお呼び！」

「う、美しきグレタ先生。シャルロッテ様はまだ十四歳なのよ？　さすがにこれ以上、変なことを教えるのはやめてほしいんだけど！」

セシリーにとってシャルロッテは友人――親友なのだ。母が何か良からぬことを親友に吹き込むのを、黙って見過ごすわけにはいかない。

「あら、セシリーったら。それは逆よ」

が、なぜかシャルロッテ本人からそんな風に片手を振られてしまう。

「ぎゃ、逆ですか？」

「ええ。だってセシリーの愛読書は絵本や童話なのよね？」

躊躇いがちにセシリーは頷く。

「わたくしもそれらは好きだけれど、そこで描かれる物語はすべてキス止まり……。でもわたくしはね、それより三段階くらい大人のロマンス小説を読みまくっているわ」

「さ、三段階も大人の……!?」

「だからマリアたちも、講座を止めようとはしないでしょう？　それがすべての答えなのよ」

――そう、見た目に反して王女シャルロッテの知識量は生半可なものではない。

実戦経験こそもちろん皆無だが、第五王女の耳年増っぷりはセシリーのそれを遥かに超越していた！

「まぁでも、セシリーの心配も分かるわ。着席の解説はまた今度にしましょう」

「ええ～……」

シャルロッテは残念そうに唇を尖らせているが、セシリーはほっとした。

教壇へと戻ったグレタが、黒板に白いチョークで文字を書く。

暇を持て余したロロがセシリーの背中をよじよじと登り、肩に前足を垂らしてくる。もう少し爪を切ってやらないと、肌に爪先が刺さってとても痛い。

「では、お次はこれよ。じゃかじゃん。――『あなたは今、恋をしていますか?』」

黒板にはまったく同じ文字がでかでかと書いてある。

「お色気力を高めることで、あらゆる相手を虜にすることができる。けれどお色気は、具体的な相手を想定してこそより強い効果を発揮するわ」

グレタが挑戦的な微笑みと共に見つめるのは、シャルロッテである。

「セシリーは聞くまでもないとして。シャルロッテ殿下、どなたか気になる殿方はいらっしゃいます?」

「下半身なんて、ぜんぶ同じですわ」

シャルロッテはきっぱりと答える。

「でも護衛である聖空騎士団なんて、わりとよりどりみどりなんじゃない?」

「いいえ。下半身はぜんぶ同じです」

シャルロッテは揺らがない。

「なら、あの眼鏡の男の子……内に激しい情熱を秘めたシリルくんは、どうかしら?」

「シリ・ルー先生は、わたくしにとって憧れです。でもそれは、れ、恋愛対象としての気持ちとかじゃありません」

「でも、恋慕を憧れとはき違えている、なんてこともあり得るじゃない?」

「うぅ……」

困った顔でシャルロッテがセシリーを見てくる。庇護欲をそそる表情だ。

「ママ……じゃない、美しきグレタ先生。シャルロッテ様は、シリルくんには純粋に憧れているだけに見えるけど」

「なら、そうねぇ……アルフォンスくんはどう？」

「ルフォッ」

シャルロッテが変な声を上げる。

ピンクブロンドの髪をせっせと撫でつけながら、シャルロッテはぷいとそっぽを向いた。

「……アルフォンスの下半身は、へへん、変態ですもの。話になりませんわ」

「あら、そうなの～」

やたらにこにこしているグレタだが、セシリーは首を傾げて考えている。

（アルフォンス様、シャルロッテ様にいったい何をしたのかしら……？）

相手が男性というだけでシャルロッテからの警戒は激しいというのに、アルフォンスは特別に嫌われているようだ。

なんでだろう、とセシリーが沈思する間に、シャルロッテが慌てたように手を上げる。

「そ、そんなことより美しきグレタ先生。起立礼以外にも、いろんな実践的な技を教えてほしいです！」

「うーん、そうねぇ……でもあたくし、そんなに多種多様なお色気術を持ち合わせているわけではないのよねぇ」

グレタは頰に手を当てて、ふぅと物憂げな溜め息を吐いている。

「いざとなったら、ひとつの技でじゅうぶんなものだから」

「「……ひとつの技？」」

「あたくしはこの技で、八百五年戦争と呼ばれる戦争を終結させたこともあるのよ」

「ママ、適当なこと言ってるでしょ」

セシリーの疑うような視線に、グレタが肩を竦める。

「じゃあ、やってあげる。ロロは危ないから、こっちにいらっしゃい」

「ニャア」

もともとグレタの飼い猫であるロロは、指示に大人しく従って彼女の近くに移動している。

「さぁ、あたくしのとっておきを喰らいなさい！」

教壇に立つグレタが赤い髪をなびかせ、ヒールをカツッと小気味よく鳴らした。

次の瞬間。


「お色気ビーム！」


——何かが、起こった。

セシリーの目の前でまばゆいほどの光が炸裂し、乱舞する。

気がついたときには、セシリーは教室の後方まで吹っ飛び、シャルロッテと折り重なるようにして倒れていた。

目を眇（すが）めて周りを確認すると、侍女たちも同じように床に転がっている。

「う、うう……」

シャルロッテは意識が戻ったようで、呻（うめ）き声を上げていた。

「み、見えなかった……何も見えなかったわ」

（違うわ、シャルロッテ様）

見えなかったのではない。セシリーもシャルロッテも、確かにそれを見た。

だが、刺激の強すぎるお色気は毒に勝る。脳は損傷を防ぐために、今見た記憶を一瞬にして忘れたのだ。

つまりセシリーたちは、一時的な記憶喪失に陥ったのだろう。そして封印された記憶は、二度と戻ることはない。

「……すさまじい技です。感服しました、グレタ先生」

「あら、あたくしのお色気ビームを喰らって立っていられるなんて……さすが第五王女様の専属侍女ね」

「畏れ入ります」

その場に唯一、ふらつきながらも立っていられたのはマリアひとりだけだった。

身体と脳に受けた衝撃が大きすぎたのだろう。セシリーたちは、未だ起き上がることもできない。

教室中を見回し、惨状に気がついたグレタは慈愛の微笑を浮かべる。

「生徒も保護者の皆さんも疲れたようだから、お次は化粧水や美容液の話とか、あとはむくみを解消するストレッチの話とか、それにあたくしが実践している健康法の話でもしようかしら？」

その後グレタが楽しそうに語ったのは、お色気講座ではなく美容講座と言い換えるべきものだった。

だが最先端の美容法を上回る含蓄ある教えは、教室中の女性陣の心を打った。

そして雪花の宮のみならず国中の女性に流行し、後世まで語り継がれたという――。

A witch in love has drugged
an elite knight with a
love potion.

「まぁあ……！　すごいっ、すごいわ！」

シャルロッテは歓声を上げていた。

場所は聖空騎士団宿舎。その倉庫である。

性別や素性を伏せて覆面作家として活動しているというシリルに呼ばれて、セシリーとシャルロッテは初めて宿舎へと遊びに来ていた。

セシリーは物珍しげに見回すだけだったが、小柄なシャルロッテは倉庫内を楽しげにたったかと歩き回っている。

というのも倉庫に置かれた棚の中には、所狭しと原稿用紙の束が詰まっているのだ。

これらがすべてシリルの書いた恋愛小説の草稿だと聞いて、かねてより彼のファンだったというシャルロッテは興奮が抑えきれない様子だった。

「シリルくん……シリ・ルー先生って、そんなにすごいんですか？」

「それはもちろんよ！」

セシリーの初歩的な質問に、シャルロッテが激しく頷く。

「想像を膨らませるようなタイトル、魅力的な登場人物たち、次々と起こる事件、ドキドキの恋愛ドラマ……シリ・ルー先生の作品はね、どこを取ってもわくわくする要素ばかりなのよっ」

「ありがとうございます」

手放しに褒められて、シリルが照れくさそうに頭をかく。そんな風に笑うと、騎士団最年少の少年は本当に幼げに見える。

（それにしても、ものすごい量だわ）

騎士団の仕事の合間にちびちびと執筆しているというが、それにしても壮絶な量である。

これだけの物語を書くのには、どれだけの時間がかかるのだろうか。セシリーには想像がつかない。

「先生、少し読んでみてもいいかしら？」

「はい、もちろん」

はしゃぐシャルロッテをセシリーは遠くから見守るだけだったが、そんなセシリーを王女は目を輝かせて呼ぶ。

「ほら、セシリーもこっちに来て！　すごいんだから！」

「は、はい」

手招きされるまま、セシリーは彼女に近づいていく。

「これは特にわたくしが大好きな作品、『王女殿下の秘密の恋』の草稿のようだわ！　シリ・ルー先生の代表作として愛される『ヒミコイ』の草稿だなんて、もしこれがファンの間に流出したら大変なことになるわよ……！」

「は、はぁ」

シャルロッテの盛り上がりの意味はよく分からないまま、手渡された原稿用紙をぱらぱらとめくってみる。

が、すぐにパタン……とセシリーは用紙を綴じていた。

「か、かか、過激！」

そこには、セシリーの知らない甘美にして過激な世界があった。

「え？　そう？　どのへんが？」

シャルロッテが横から覗き込んでくる。

「だ、だってシャルロッテ様。この騎士、き、きき、キスのときに舌を――」

「よくあることよ、セシリー」

「えぇっ⁉　で、でもでも、話しながらドレスに手をかけるっていうのはいったい――」

「よくあることよ、セシリー」

「じゃ、じゃあこれは⁉　女の子を、べ、ベッドに押し倒すだなんて紳士としてあるまじき――」

「よくあることなのよ、セシリー」

（そんな……）

「大丈夫。読んでみればセシリーだって良さが分かるわ。わたくしが保証する！」

「だめです。わたし、こんな破廉恥な作品読めません！」

「破廉恥だなんて、そんなことないわ！」

羞恥にやられて目をぐるぐるさせるセシリーに、元気な声でシャルロッテが言い募る。

「先生の作品はね、過激なだけじゃない、丁寧な心理描写こそ売りなのよ！　惹かれ合う二人の心境が綴られると、きゅんきゅん胸がときめいちゃうし、愛し合ってはいけないのだと分かっていながら、自分を律しきれない騎士が王女様にキス以上の不埒な関係を求めてしまう場面なんて、もう叫んじゃうくらい素敵なのよ！」

結局、過激ということではなかろうか。

セシリーには刺激が強すぎる。彼女が愛読してきたのは、なんやかんや明るく楽しく、ハッピーエンドが約束された童話やおとぎ話ばかりなのだ。

頭から湯気を出して倒れそうになるセシリーを、後ろから誰かが支える。

お礼を言う元気もなくセシリーが振り返ると、そこにはジークの姿があった。

「大丈夫か？」

「……うん、なんとか」

仕事の合間に抜け出してきたのだろう。ほっとして、セシリーは彼に寄りかかった。

終始興奮しっぱなしのシャルロッテは騎士団長の出現に気がつかず、意気揚々とシリルに話しかけている。

「シリ・ルー先生って、何か恋愛小説を書くきっかけとかあったの？」

「きっかけ、ですか。そうですね……よく姉の小説を借りて読んでいたので、その影響があるかもしれません」

どうやらシリルは実の姉と読み友だったらしい。

「現実とはかけ離れたきらびやかな世界で起こる、夢のような、嘘（うそ）のような、奇跡のような虚構の恋愛物語って……心が弾みますよね」

何かいやなことでもあったのだろうか。セシリーはちょっぴり心配になったが、遠い目で語るシリルはこれ以上なく幸せそうだ。

なるほどなるほどと激しく頷いていたシャルロッテが、熱くシリルを見つめる。

「先生。あなたさえ良ければ、今後はスポンサーとして支援させてもらいたいわ」

「！　ほ、本当ですか！」

「ええ。優れた文化芸術を守り、後世に伝えるのも王族としての務めだもの」

これほど真剣なシャルロッテの表情を見るのは初めてである。

「あと気になるお話って、持ち帰って読んでも大丈夫かしら？　なくしたり汚したりしないように、気をつけるから」

「もちろん大丈夫ですよ。また感想でも聞かせていただけたら嬉しいです」

「ええ！　わたくしなんかで良ければ心を込めて伝えるわ！」

シャルロッテは張り切って頷いている。

「ではさっそく、契約について詰めましょう……！」

「はい！」

込み入った話になるようで、二人は仲良く話しながら倉庫を出ていってしまう。

そんなシャルロッテたちをぼぅっと見送ったセシリーは、我に返ってジークから離れた。狭い倉庫に二人きりだというのを思い出したのだ。

「そ、それにしてもすごい量よね。わたし、びっくりしちゃった」

「そうだな。しかもどれも読み応えがあって、男の目からしてもなかなかおもしろいんだ」

「へぇ……」

ジークはシリルがデビューする前から彼の作品を読み耽り、この倉庫を特別に貸し出すと許可した張本人なのだという。シリルの第一のファンとも言えよう。

(ジークの言動は、シリルさんの作品の影響を受けているのよね)

もともと言葉少なで朴訥な印象のあったジークだが、シリルの本で得た知識を活かし、彼はセシリーをそれは愛おしげに包み込んでくれる。気遣いに満ちた行動だけの話だけではなく、ジークの口にしてくれる言葉もセシリーにはかけがえのないものだ。

だが先ほど草稿を見た限り、シリルの手がけるロマンス小説には過激な場面も多々あるようだ。口がお留守と見ればここぞとばかりに口づけ、服を着ていれば脱がし、ベッドがあれば押し倒すのが一般的なのだとしたら、ジークは極めて紳士的ではなかろうか。

というのもセシリーは先日、風呂上がりのジークと密室で二人きりになったことがあった。お互いにベッドに腰かけて、やや艶っぽい雰囲気になったものの、ジークは度の過ぎた触れ合いは行わなかったのだ。

(ジークは、やっぱり優しいわ)

大切にされているのだという実感は、セシリーの胸をじんわりと温かくする。

セシリーが放心したように見つめているのに気がついてか、ジークが小首を傾げる。

「どうした?」

「う、ううん。なんでもないの」

考えていたことをそのまま伝えるのは憚られる。セシリーは苦笑で誤魔化した。

「それより、ねぇジーク？　この中で特にきゅんときたお話ってある？　ジークおすすめのお話なら、読んでみたいわ」

「俺の趣味は、セシリーとは違うかもしれないが……」

断りを入れつつ、ジークが中腰になって本棚の中を漁る。

「そうだな……これとか良かったな」

「どれどれ……」

後ろから覗き込んだセシリーは、そこで固まった。

原稿用紙の一ページ目に書かれたタイトルが目に入ったのだ。

（『キスしてほしくて！　～魔女はクールな騎士の甘い口づけを求める～』）

えっ、とセシリーは声を上げそうになるのを、なんとか踏み止まる。

なんというか。

――なんというか、自分たちの境遇とやたらと重なっている作品のような。

（いやいやいや、そんなばかな！）

ジークの横顔を見るに他意はなさそうだ。彼はセシリーの要望を真剣に受け止め、単純におすすめ作品を紹介してくれただけなのだろう。

（それはそれとして、ちょっとだけ、……よ、読んでみたいかも）

「ふぅん。どういうお話なの？」

平静を装って訊ねれば、ジークがてきぱきと教えてくれた。

「恋に積極的な魔女が、クールな騎士を一生懸命に誘惑して口づけさせようと奔走する話なんだ」

「へ、へぇ……お、おもしろそうだわ」

セシリーはなんとか笑みを浮かべる。

細部は違うが、魔女と騎士の話となると、どうにも自分たちに重ねてしまいそうになる。なんだか自意識過剰で、恥ずかしい感じもするが……。

「まぁ、まだ中身は書けてないんだが」

「……え？」

ぺらぺら、とジークが原稿の束を捲る。

そこには一文字も書かれていなかった。

よくよく見比べれば、『キスしてほしくて！』の筆跡だけ、他の原稿とは異なっている。これはシリルの書いたお話ではなかったのだ。

つまり偽の原稿を用意したのは、ジーク本人――。

「だ……っ騙し――」

セシリーの怒りの言葉は、最後まで続かなかった。

唇が熱いものに塞がれている。

手にしていた原稿用紙を床に落としたジークは、セシリーの両肩を引き寄せる。

それは、小さな唇を食べてしまいそうなほどの獰猛さを秘めた口づけだった。

「ん、ふむっ」

緊張したセシリーが、ぎゅっと唇を閉じていたからだろうか。ジークは片目を開けて、あらゆる角度からセシリーの唇に触れた。

そうして、数秒の触れ合いのあと。

もどかしそうに唇を離したジークが、息を乱して言う。

「騙して悪い、セシリー」

「ふ、ふぇっ……」

息を乱すどころか、息ができなかったセシリーは完全に酸欠状態になっている。

ふらふらするセシリーを申し訳なさそうに見つめ、ジークが項垂れる。

「セシリーがかわいくて、かわいすぎて……ごめん。もっとゆっくりするつもりだったのに」

どうやら、セシリーの思っていたように、ジークは紳士的というわけではないようだ。

ただ、セシリーのために自分を律しているだけ。欲望のままに触れて傷つけないように、注意深く衝動を堪えているだけ。

それを理解したとたん、セシリーの胸にぶわりと愛おしさが込み上げる。

(そんなの、……そんなの、嬉しすぎる)

自戒するために遠ざかろうとするジークの顔を、セシリーは問答無用で引き寄せた。

目を白黒させるジークに、真っ赤な顔で要求するのは。

「………も、もういっかい」

「え?」

「次は、その……もうちょっとゆっくりで、お願いします」

それは初心なセシリーにとっての、精いっぱいだった。

「……ああ、俺のお姫様」

魔女のかわいらしい我儘に、騎士は笑って応じる。

それは物語よりもずっと甘い、蕩けるような口づけだった。

あとがき

初めまして、榛名井と申します。

この度は『恋する魔女はエリート騎士に惚れ薬を飲ませてしまいました　～偽りから始まるわたしの溺愛生活～』をお手に取っていただき、誠にありがとうございます。

タイトルが長いので、略して『恋する魔女』と覚えていただけたらありがたいです。


こちらはもともとウェブ小説として連載していた作品です。そこからキャラクター設定・作中の設定などを含めた大幅な加筆修正を行い、今回の作品に仕上がりました。

ありがたいことに今まで何冊か本を出版してきましたが、今作はその中でも断トツで厳しいスケジュールでした。

筆舌に尽くしがたい日程の中、文字通り昇天しそうになりながら執筆作業に励みました。何度か意識を失いました。良い子は決して真似してはいけません。

作中では、セシリー（魔女）が惚れ薬をジーク（エリート騎士）に飲ませてしまった……というところからストーリーが展開します。

人の心を操る薬といいますと、古から悪役側が使う薬というイメージがあります。少女漫画だと、ヒロインのライバルとかが使って主人公たちの仲をかき乱したりします。

ただ今作の主人公であるセシリーは、魔女というには繊細で内気、引っ込み思案な女の子で、そんな彼女に共感しながら楽しんでもらえたなら、作者としてこれ以上に嬉しいことはありません。

セシリーの素のかわいらしさは周りの人々と関わる中でどんどん全面に出てくるので、ジークの溺愛が加速するのも当たり前ですね。もっと加速してもいいくらいです。

最後に謝辞になります。

担当編集のＦ様は、別の出版社様にお務めの際にもわたしの作品を担当くださっていました。今回こうしてまた一緒にお仕事ができましたことを嬉しく思います。

イラストレーターの條様。「もう駄目だ」と思ったとき、條様から届いたカバーイラストを拝見できたからこそ、力尽きずに突っ走ることができました。男らしく格好良いジークと、笑顔がかわいい可憐なセシリーを描いてくださり本当にありがとうございました。

そして最後に、この本を読んでくださった皆様に心からお礼申し上げます。

またこの場で、皆様に会えますように。

DRE NOVELS

恋する魔女はエリート騎士に惚れ薬を飲ませてしまいました

～偽りから始まるわたしの溺愛生活～

2023年1月10日　初版第一刷発行

著者　棒名丼
発行者　宮崎誠司
発行所　株式会社ドリコム
〒141-6019　東京都品川区大崎2-1-1
TEL　050-3101-9968
発売元　株式会社星雲社（共同出版社・流通責任出版社）
〒112-0005　東京都文京区水道1-3-30
TEL　03-3868-3275
担当編集　藤原大樹
装丁　木村デザイン・ラボ
印刷所　図書印刷株式会社

本書の内容の無断複製（コピー、スキャン、デジタル化等）、無断複製物の譲渡および配信等の行為はかたくお断りいたします。

定価はカバーに表示してあります。

落丁乱丁本の場合は株式会社ドリコムまでご連絡ください。送料は小社負担でお取り替えします。

© Harunadon,Eda 2023
Printed in Japan
ISBN978-4-434-31419-3

ファンレター、作品のご感想をお待ちしております。
右のQRコードから専用フォームにアクセスし、作品と宛先を入力の上、
コメントをお寄せ下さい。

※アクセスの際に発生する通信費等はご負担ください。

やめてくれ、強いのは俺じゃなくて剣なんだ！

馬路まんじ
［イラスト］かぼちゃ

　魔剣に呪われてしまったクロウ。彼の体をのっとった魔剣は、犯罪者や魔物を斬り、その魂を喰らっていく。呪われたのがバレたら自分が始末されてしまうと考えたクロウは、『悪を赦さぬ断罪者』として自分の意思で犯罪者や魔物を倒しているフリをすることにした（倒しているのは魔剣だけどね!）。が、それがかえって周囲の人々の賞賛と尊敬を集めて、ますますのっぴきならない状況に追い込まれてしまい!?
クロウ「悪よ、滅びろ（うえええええ、もう戦いたくないよおおお）」
魔　剣『魂!　喰ウ!　喰ウ　!!　喰ウ!!!　喰ウ!!!!』
　クロウくんの明日はどうなる!?

DRE NOVELS

婚約者が浮気相手と駆け落ちしました。王子殿下に溺愛されて幸せなので、今さら戻りたいと言われても困ります。

櫻井みこと
［イラスト］黒裄

　一年前に音信不通となった一歳年上の婚約者リースを追いかけ、王立魔法学園に入学した田舎領地の伯爵令嬢アメリアは、学園で不穏な噂を耳にする。それはリースが懇意にした令嬢（浮気相手）との純愛をアメリアが邪魔しているというもの。事実無根な噂で孤立してしまう彼女だったが、なぜか第四王子サルジュ殿下に見初められてしまい――!?

「私には、アメリアがいてくれたらそれでいい」

（そんなことを言われたら、勘違いしてしまいますよ）

　私、婚約者のことなんてどうでもよくなるくらい、王子殿下に溺愛されてしまいました――傷心から始まる、究極の溺愛ラブロマンス!

DRE NOVELS

いつでも誰かの
“期待を超える”

DRECOM MEDIA

始まる。

株式会社ドリコムは、世界を舞台とする
総合エンターテインメント企業を目指すために、
出版・映像ブランド「ドリコムメディア」を
立ち上げました。

「ドリコムメディア」は、4つのレーベル
「DRE STUDIOS」(webtoon)・「DREノベルス」(ライトノベル)
「DREコミックス」(コミック)・「DRE PICTURES」(メディアミックス)による、
オリジナル作品の創出と全方位でのメディアミックスを展開し、
「作品価値の最大化」をプロデュースします。